读·品·悟在文学中成长

中国当代教育文学精选系列

丛书主编：高长梅　王培静

风筝飞满天

焦庆福　著

花山文艺出版社

河北·石家庄

图书在版编目（CIP）数据

风筝飞满天 / 焦庆福著. -- 石家庄 ： 花山文艺出版社，2013.12（2024.6 重印）
（读·品·悟：在文学中成长·中国当代教育文学精选系列 / 高长梅，王培静主编）
ISBN 978-7-5511-1517-9

Ⅰ．①风… Ⅱ．①焦… Ⅲ．①散文集－中国－当代②小小说－小说集－中国－当代 Ⅳ．①I217.2

中国版本图书馆CIP数据核字(2013)第258574号

丛 书 名：读·品·悟：在文学中成长·中国当代教育文学精选系列
丛书主编：高长梅　王培静
书　　名：**风筝飞满天**
　　　　　FENGZHENG FEI MAN TIAN

著　　者：焦庆福

策　　划：张采鑫
责任编辑：王　磊
特约编辑：李文生
装帧设计：北京九洲鼎图书有限公司
美术编辑：王爱芹
出版发行：花山文艺出版社（邮政编码：050061）
　　　　　（河北省石家庄市友谊北大街330号）
销售热线：0311–88643299/96/17
印　　刷：三河市中晟雅豪印务有限公司
经　　销：新华书店
开　　本：710mm×1000mm　1/16
印　　张：8
字　　数：105千字
版　　次：2014年1月第1版
　　　　　2024年6月第4次印刷
书　　号：ISBN 978-7-5511-1517-9
定　　价：49.80元

CONTENTS

目 录

CONTENTS

目 录

第五辑　桃花朵朵开

第六辑　一个纯粹的故事

第一辑

青春不能假设

我 的 菜 园

　　在我所住的小城,邻居们来自四面八方,彼此并不熟悉,也很少来往。每天匆匆地去上班,下班后又紧闭了房门。这令我想起老家的菜园,想起老家的那些邻居们来了。

　　我家在村南的山坡上,没有围墙,房前是一片不大的坡地。在我童年时,父亲把这片坡地利用起来,整成了一个像模像样的菜地。那时,生产队是不分自留地的,不过,我家的菜地是在自家的院里,且家里人口多,队长也不好说什么。父亲从山涧挑来溪水,溪水和汗水一块儿流进了菜畦里。渐渐地,辣椒长大了,青葱、豆角、茄子,绿油油的,煞是惹人眼。我拔了青葱,夹在地瓜煎饼中,味道好极了。父亲把摘好的菜送给邻居,邻居们总是谦让。其实,大家都明白,家家都不宽裕,都没有菜吃。邻居们生活虽苦,却相处得和睦,共得一份真诚和坦然。

　　我的楼前有一片空地,堆满了砖头瓦块和小山似的垃圾。每次下班回来,我总是憎恶地扭转头,它像一块沾满污秽的膏药贴在了小城美丽的面庞上。一个夏日的午后,我无意中发现空地上长出一朵黄色的小花,欲绽的花苞昂着头,眺望着远方的浮云。我惊讶地停住了脚步。黄色的小花,竟然像生命顽强的野草,它没有嫌弃这块土地的贫瘠和污秽,在砖头瓦块中安了家。我想,如果在这儿开出一小块土地,撒下几粒菜籽,不也可以种出菜来,拾回乡下老农的那份坦然和闲适吗?

我把这个想法告诉了妻子和女儿,她们欢快地晃动着我的双臂。我立刻行动,从市场买来了铁锨、铁镢。我选了离家最近的一小块,清掉了所有的砖头、瓦块和垃圾,然后深翻了这块久废的土地。妻子也来帮忙了,女儿不断用小脚踏碎了较大的土块。我的手上磨出了水疱,女儿看着我的手忍不住放声大笑。虽然我出生在农村,小时候也见过父亲种菜,可是我却不曾做过多少农活,我的少年时代是在校园里度过的。

菜地最终开垦出来了,我们种上了女儿最爱吃的豆角。我想,从此我们家又有了一些事做:闲暇的时候,可以走进菜园,捉捉虫子或给豆角浇点水。

10多天后,我从外地回来。我大吃一惊,楼前的那块空地已面目全非。是谁家的辣椒,枝头开满了小白花儿? 是谁家的茄子,长势那么好? 那块空地上全种满了,一畦一畦的,真的成了一个菜园。有个邻居蹲在菜园里,神情专注地侍弄着西红柿,宛如在照料新生的婴儿。另一个邻居放下手中的活计,给我递过一支烟。我们蹲在地头,抽着烟,谈论着我们的菜园。

我家的豆角结了很多。邻居们开始摘菜吃了。妻子把摘好的豆角,送到了邻居家;邻居们也送来西红柿、茄子和其他。总是我家送到你家,你家又送到我家。这些菜,市场都是有的,价格也并不贵,大家共得一份心情。邻居们也渐渐熟了起来,有时蹲在地头唠家常,有时竟然坐到了家里。仿佛我们已经是很多年的邻居,有很多的话要说。

在我又一次出差归来时,邻居们带给我一个不好的信息。这块地已经拍卖给了某个开发商,这儿不久将建起一个大型的娱乐城。这不能说不是一种遗憾,让我们也无可奈何。这里毕竟是小城,谁也不能挡住它前进的步伐。我的菜园注定要消失,事实上只是个时间问题。

不久,父亲来电话说:如今老了,种不动菜了;农村普遍种起了蔬菜大棚，有了专业的种菜个体户。这多少令我有些失望。我倒不愁不再种菜的父亲是否能吃得上可口的青菜，市场上的菜很便宜，品种也很多。可是，不再种菜的父亲闲暇时做什么？忙于发展经济的邻居们，还相互串门，彼此相爱吗？他们是否也会像城里人，彼此地隔膜起来？这令我担心，更使我怀念起老家的菜园来。

青春不能假设

人生中可以有很多假设，唯独青春不能假设。青春最易逝，容不得我们说也许，容不得我们说假如。我们唯一可做的，是脚踏实地，惜时如金。

青春最美好。李大钊说过："一生最好是少年，一年最好是青春。"人生在世，谁都有过花儿般的年华，谁都有过"为赋新词强说愁"的少年往事，但是，并不是所有人都能在最美的季节里开出最美的花儿。

这个话题，让我想起邻居家孩子去高中复读的事。邻居拿不准主意，便征求我的建议。她说："俺儿子仅考了400分多一点，也不知他这3年高中咋读的！平时大人的话听不进去，如今却说我的青春我做主，坚持去城里复读。咱庄户人都讲究个种瓜得瓜，你说这孩子明年还有希望吗？"

邻居的问题不难，却不好回答。我能理解她的心情，也能理解这个孩子的心情。一个普通的农村妇女，自然不会讲多么高深的理论，她大约更注重实际。"我的青春我做主"，正是这些成长中的孩子，其实最不懂得对青春的珍惜！400多分的成绩,说明他学习并不刻苦,复读的前景也不容乐观。让老邻居困惑的是,他儿子依然做着大学梦,坚决地选择去复读。不过,我还是支持了这男孩的决定。我觉得,只要他还有梦想,只要他敢于直面困境,我们就应该支持。

走过青春的人们,谁不记得曾经的点点滴滴?当我们在为脸上的青春痘而苦恼时,当我们因青春萌动而惴惴不安时,当我们沉溺于网络游戏时,青春已开始悄悄地从身边溜走。曾经以为那么漫长、那么充足的青春时光,竟然在弹指间变得那么短暂,那么经不起挥霍。青春苦短,谁能为浪费青春埋单呢?

世上没有谁会青春永驻。终究会有这样一天,我们额头上已堆满了皱纹,嘴巴上已长满了胡子。我们不再像年轻时那样躁动、鲁莽,可是我们对青春的留恋会依然存在,青春不在的日子会让我们充满了惆怅。到那时,我们其实早已懂得:未来的路更长,我们需要做的只能是对时光倍加珍惜。

由此,我又想起一个远房亲戚。他总是这样戏言:老朽矣,咋能与年轻人相比?对亲戚的这句戏言,我一直也并不信以为真。说到底,这位亲戚才30多岁,正是而立之年,怎么就能说老朽?但如果他该做的工作不愿做,得过且过,担子拣轻的挑,学术上没有进步,一切都是原地踏步走,也就与虚掷光阴无异了。进一步说,这句戏言似乎还有点看破红尘的意思。世事洞明皆学问,能够看透俗世的人都是聪明人,聪明人就不该消极颓废,就不该挥霍生命。

我们也不妨做个不恰当的假设。假如时光可以倒流,这位远房亲戚退回到十八九岁或十四五岁,他会像我们期望的那样吗?我想也许会,因为在这个年龄,他还没有形成如此糟糕的人生观、价值观。但这只是个假设,一种无法实现的空想。像我所举的这个亲戚,对社会虽无危害,却也实在没有益处。而这种人在社会上又何尝少呢?表面看似乎是怀才不遇,壮志难酬,骨子里却是缺乏进取精神。"人生天地之间,若白驹之过隙,忽然而已。"人一辈子就那么几十年,难道我们不应该积极去做,只等着生老病死吗?

说到不得志,我还想起苏轼这个人。苏轼屡次被贬,王安石当政时不得志,司马光当权依然不得志。这事放一般人那儿,心情已经很纠结,哪里顾得上什么志向?然而苏轼就很不同。"青春不觉老朱颜,强半销磨簿领间。"在被贬期间,他不仅勤于政事,还写出了一篇篇震古烁今的佳作。纵观我国历史,不正因为有着许多像苏轼这样的铁的脊梁,我们这个社会才不断进步,不断发展吗?

人的最高境界是做龙,而不是做僵而不死的虫。最美的人生是做彩绘生命蓝图的艺术家,而不是做来去匆匆的看客。只争朝夕必然会风光无限,蹉跎岁月注定要遗憾终生。

朋友们,青春是人生最宝贵的财富,你是否已经懂得珍惜?珍惜青春,就能让你有一个良好的开端,就能让你成为社会的有用之材。"红颜恃容色,青春矜盛年。"珍惜时间就是珍惜生命,就是在无形中延续你的青春岁月。

因 为快乐才幸福

一个很偶然的机会,我与一个已中学毕业近二十年的学生相遇了。屈指算来,他现在应该有 30 多岁了。他一下子认出我,我也很快地叫出了他的名字。作为老师，能被学生很快认出来很正常。因为老师除了变老，既不会再长高，也不会变得更加漂亮。但老师认出学生就不容易了，除非是这个学生太优秀或者有特别之处。

师生见面，我当然要问到他的近况。他说，他在广州一家外企做部门经理，工资还算可以，但他并不感觉快乐。因为不快乐，所以他才决定要选择离开。我很愕然：他曾是我最得意的弟子，他因为优异的成绩，考上了县里的重点高中，又因为优异的成绩考上了大学，他如今能在外企有如此成绩，已经算是事业有成，怎么会不快乐？问到原因，他毫不避讳地说，是因为职务的升迁，凭能力他是可以做另一项工作的，老总却没有选择他。

对那家外企的具体情况，我不甚了解，当然不好说些什么。但对他在不快乐之余所做的选择，我劝他还是应慎重。出于职业习惯，我讲起学校近期发生的一件小事：

有这样一个女孩，曾一直是全年级第一名。而在上学期期末考试中，一个偶然的失误，她的名次滑落到 30 多名。听到成绩，这个女孩泪流满面。那时我想，学生有自尊心，知荣辱，是好事。现在开学有一段时间了，我发现她依然眉头紧锁，心事重重，就让人感觉不正常了。于是，我把她叫到办公室，给她做思想工作。我告诉她，有心理压力是好事，有压力才有动力嘛。可是如果一味压力过重，就会让人心理不正常，就会使生活失去乐趣，那还会有什么美好未来，还会有什么幸福可言呢？我的话让她一下子醒悟了。她很快地放下了包袱，又像以往一样快乐地投入学习了。

大概是觉得我所讲的，与他现在的状况有关，他脸红了。他润湿的眼角告诉我，他想起了很多幸福的往事，他想起了曾经痛苦而快乐的心路历程。他深深懂得，他如今丢掉的并不是一次职务的升迁机会，而是丢掉了实实在在的快乐。老总之所以没有选择他，其实并没有个人恩怨，在那个位子上,同事也许比他更有优势。

这种事例非常多。可以说,在每个人的生活中,不如意的事总要比如意的事多。实践已经证明,世上没有过不去的火焰山。遇到问题了,遇到困难了,假如我们只是一味地怨天尤人,一味地牢骚满腹,却不从自身或现实中查找原因,又怎会有利于问题的解决呢?上帝是公平的,给了每个人聪慧的大脑,健康的身体。我们应该珍惜上苍的这种眷顾,应尽心尽力地去改变可能已经糟糕了的事实。做好这一切,关键是要保持一个良好的心态。心态端正了,我们才能感到快乐,才能心有灵犀,才能产生灵感,才能想出好点子。

至今,我还时常想起已故的爷爷。我的爷爷一辈子生活在农村,经历的曲折苦难自然很多,可他绝对是个乐天派。他这样说过:现在的社会好了,我要好好活着,活着才能多看看这个社会。为了更好地活着,为了身体健康,他每天早起锻炼,做些力所能及的事,甚至坚持去 10 多里外的镇子上赶集。爷爷活到了 83 岁,因为哮喘病才离开了人世。爷爷说得多乐观,活着才能看社会,他这种精神一直鼓舞着我。他用一生的经历告诉了我一个道理:快乐是我们人生中最为珍贵的东西。

朋友们,让快乐永驻你心中吧。我们可以少穿一件漂亮衣服,可以吃粗茶淡饭,但我们绝不能丢掉快乐。整天感觉不到快乐,又哪里能找得到幸福的感觉?既然快乐是与生俱来的,既然幸福是我们孜孜追求的,我们有什么理由不对它伸出双手呢?我们快乐了才会感觉幸福,不是吗?

枣儿维权记

枣儿是我做代课老师时的同事。20年多前，我在老家的小学做过两年代课老师，因为待遇低，便辞职去县城开了面包店。枣儿则又去了本村的幼儿园代课。

大约是一年前，枣儿打来电话，问我什么是劳务费。我很愕然，枣儿在幼儿园做老师，怎么会关心起这样一个新名词来了？莫非是她老公大壮在外打工，与老板有了纠纷？这个忙一定是要帮的，我便答应替她咨询一下。由于那段时间店里忙，我很快又把这事抛到了脑后。枣儿也没有再打电话问起。

有一天，我忽然记起这件事。我立刻给枣儿回了电话。

枣儿告诉我，不是大壮有啥问题，是她。她说："前些年，教办主任一开会就说，幼儿老师的春天就要到了。虽然知道实际上遥遥无期，可心里暖和着呢。咱老家穷，我也不敢奢求什么。再说，都嫌待遇低，不愿做幼师，这些孩子咋办？直到去年，换了教办主任，让所有临时工签劳务费，我才感觉有些蒙了。什么是劳务费？干了这么多年，可是头一次听说。后来听村里的会计说，劳务费可能会模糊了幼师的工作性质，连临时工都不算了，这说法里实在藏着祸心。于是几个同事联合起来，拒签劳务费。可是最终我们还是签了。如果不签，恐怕之前该领的辛苦费，

一个子儿也领不到了。"

她淡淡地告诉我,她侧面打听了,近10年来,她们实际上一直在领劳务费,只不过是新来的教办主任小心,唯恐老师们懂得劳动合同法,抓了口实,才执意让老师们在劳务费上签字。说到最后,她的语气又有些凄凉。

枣儿的话让我疑惑。尽管如此,我还是替她高兴了。枣儿躲在乡下,倒是跟得上时代的节奏,也懂得维护自己的权益了。

前段时间,她又给我打来了电话。说老家的几处幼儿园已经联合起来,准备去乡政府申请,要求乡政府给买个养老保险。我立刻鼓励她说:"这是好事,现在经济条件都好了,买个保险对乡政府来说,应该不是难事,就争取吧。"

还是因为忙,我相当长时间没再与她联系。我猜想,这段时间她一定是忙极了,一定是乐疯了。那么好的形势让她赶上了,不像我当年做了逃兵。但静下心来时,我却又有些不安,总觉得有什么不妥。

当我正琢磨是不是要给她打电话,她却打来了电话,给我说起了这次去乡政府的事。乡里把所有的事推给了教办。教办当然还是逼着她们签字。她们最终又妥协了。这没有办法,多数幼师的男人在教育上工作,怎敢与之对抗? 她毕竟孤掌难鸣,不签字还是领不到自己的辛苦费。说到这里,枣儿有点儿恼火:"最可恨的是个别人,虽然一直信誓旦旦,不离不弃,自己最终还是签了,却又鼓励别人死抗。"

枣儿的话,当真让我无言了。她的希望又一次破灭了。我不知道该如何劝慰她。那退却着的人,同样让我感到愤怒。特别是那些冷眼作壁上观,却鼓励同伴往前冲的人。他们的算盘打得很精,若要成功,便可以分得一杯羹。若然失败,却也可以全身而退,躲在暗处怪别人没用。这是怎样的私心,又是怎样的龌龊? 我们动脑子想一想,不过就是维护一下自身的权益,国家是许可的,已经制定了《劳动合同法》。这其实就像我做面包,已经有了炉灶和其他,如果不肯付出努力,是得不来结果的。

枣儿的事让我很无奈。我于是告诉她："不妨到我这儿来,和我一块做面包吧。"

枣儿很快又平静下来了:"还是不行。咱这儿还是穷,也真的缺老师,没有养老保险就没有吧。"

郭里有过爷娘庙

总有朋友这样给我打电话,嘘寒问暖之后,便又问起我们郭里的爷娘庙。言下之意,他打算来看看爷娘庙。我总想拒绝,却找不到合适的言语。郭里有过爷娘庙,虽然早已成为废墟。我实在不忍带朋友看这满目疮痍的庙址,更不忍让朋友看后在记忆中留下失落。但是,朋友依然带着对人类始祖的敬畏,带着对古老文化的敬畏,前来拜谒了。

于是为了朋友的情绪,我便先讲爷娘庙的辉煌。"保有凫峄,逐荒徐宅。至于海邦,淮夷蛮貊。及彼南夷,莫不率从。"从《诗经》中可以知道,凫山和峄山很早就进入了人们的视野。爷娘庙是当地人的叫法,她的本名应叫伏羲庙、羲皇庙或人祖庙,是为祭祀人类始祖伏羲、女娲而建。其庙址就在东凫山的山坡上,始建年月已不可考。玉皇殿(又称九十九间无梁殿)是庙中最具特色的建筑,为无梁结构,殿顶、廊檐全用八棱石柱支撑。而羲皇殿则为歇山转角式结构,殿内供奉的是伏羲和女娲娘娘,殿台四周有石栏环绕,廊檐由八根滚龙石柱支撑,柱上另雕有伏羲、女娲人首蛇身交尾像。庙内原有古柏300多棵。人称"凫岭双柏"的千年古柏，直径在 3 米左右，是明清时邹县"十二景之一"。庙内历代碑刻林立，多为书法精品。

对我的讲述，朋友没有怀疑。因为，这湮没于荒草和庄稼地中的残墙断碑，已经证明了一切。朋友满怀虔诚，不断唏嘘：在郭里这个僻远贫瘠的地方，竟然有这么多的好东西。而唏嘘之余，便是朋友充满了伤痛的想象。

走在这片废墟上，给人的感觉确是无尽的失落。爷娘庙历经劫难后，它的砖石被砌成了冶炼钢铁的高炉，或被村民用来建房。最幸运的可能是部分烧不毁砸不尽的石碑，它们有的被用来筑桥，有的被用来修建水库，有的被村民用来垒成猪圈。保存最好的是玉上宫殿通宇碑（又称四棱方碑），至今立在玉皇殿遗址后。遗憾的是，其碑文常常无故被人拓印。明人胡选曾叹曰："工匠不来山路沓，可怜空老栋梁材。"历史却残酷地与古柏开了个玩笑。人民公社时，在郭里集东山上建造了一座两层办公楼，其门窗和楼板，全是用庙中古柏做成。也许正因为天道昭昭，办公楼在建成后不久就毁于了一场大火。郭里还有一首远古时就已流传的民谣："东凫山、西凫山，天连水来水连天，啥时哭到洪水干，洪水干了立人烟。"中国是礼仪之邦，是最讲孝道的。庙宇轰然倒塌时，人们也曾留意过始祖爷娘的哭泣声吗？

同样是废墟，爷娘庙却远不如圆明园悲壮。圆明园毁于八国联军的侵华战争，面对废墟，我们在慨叹中华璀璨艺术的同时，还会激起为民族振兴，国家崛起而献身的愿望。爷娘庙就不同了，她是毁于 1929 年的军阀混战，一场自引到家门的战火；她是毁于动乱，一场愚昧无知的自乱。由此除了给记忆烙上失落，还能留下什么呢？

我还告诉朋友：我初次来爷娘庙，是 20 多年前。那时庙址上已有责任田，但还可以依稀看出各个殿宇的位置。我甚至清楚地记得院落外青砖砌成的通道,台阶和门旁的雕龙。人们是最擅于废井田开阡陌的,如今这些东西全都不见了。玉皇殿的八棱石柱少了几根,据说是被村民截断,做成了轧麦用的石磙子。遗址中似乎还少了个别的文物,我却说不上原因来了。爷娘庙虽为文物重点保护单位,却一直是保护不力。对此,我没办法责怪任何人,这不还是贫穷、愚昧惹的祸吗?

在山门旧址处,我们遇到了一个王姓老人。老人很健谈,他谈起军阀梁冠英和无极道首王传仁,以及最后被毁掉的18棵古柏。爷娘庙的诸多往事让他痛心不已。老人又说起老辈人的一个说法:爷娘庙住持是位能掐会算的高人,他预知爷娘庙将有兵灾,便在庙前庙后埋下了18缸金豆子;这18缸金豆子足够爷娘庙重修之用,可惜后来尽被南方人得了去。南方人之说也许并不可信,但从老人的言语中,我们可以听出他对爷娘庙重修的期望。我当然也期望,因为重建对传承伏羲及东夷文化的意义不可估量。

临别时,我们还遇到了县文物局的考古队。据镇文化站的同志说,考古队是受镇政府邀请,来考察确定庙址的;镇政府召开了伏羲文化座谈会,准备招商引资重修爷娘庙,但招商难度也颇大。我知道这是实话。重修庙宇投资巨大,很难说能给投资方带来多少实际收益,招商应该很难。不过,政府既然有了规划,爷娘庙也就有了重修的希望。

郭里有过爷娘庙,我只能这样说,并且这是目前最准确的说法。对于爷娘庙的过去,我们只能痛定思痛坦然接受。"逝者如斯夫",我们既不能借用时光隧道去阻止什么,也不能让曾经的战争贩子来承担什么,更无法为曾经的愚昧找回失去的一切。但我们可以为曾经的行为反省,可以让同样的悲剧不再发生,可以为保存古老的文化略尽绵薄之力,可以不让我们的子孙在记忆中留下失落!

把春天留在心里

有一天，妻子说，杏花开了，真好。我看了看窗外，感觉有一丝清香荡漾在我的心里。又一日，妻子说，桃花也开了，真好看。我打开了窗子，似乎嗅到了桃花的花香。其实我这才注意，春天已经驻足在窗前很久了；我整日地忙碌，却无暇欣赏美丽的春光。

女儿提议出去走一走，去我家西面的那座小山。那座小山不大，没有悬崖峭壁，没有郁郁青青的树木，没有清泉溪流，是一座最平常不过的小山丘。桃树、杏树随意地长在山坡的每一处，平缓的山坡上长着一些不知名的野花。我自幼生活在这里，并没有感到这座小山的特别之处。在愉快的双休日，我有属于自己和家人的时间，于是我遂了女儿的心愿，走上了我熟悉的小山丘。

来到山上时我们才发现，其实杏花凋了，桃花也谢了，我错过了赏春的最好时机。女儿很失望，我心里也感到歉意。但穿行在满树吐绿的山坡上，我们失望的心很快被一种愉快的感觉代替。随意地拈起一个桃枝，把桃叶放在鼻间，依然有一种淡淡的清香。小草儿倔强地拱出地面，染绿了贫瘠的山坡；朵朵野花儿也不甘落后，细小的颈上顶着黄的、蓝的、白的花骨朵。杏花谢了的山坡真的不寂寞，一些喜爱热闹的小虫儿在草间爬来爬去，小草儿娇羞地转着身子却并不想躲开，小鸟儿在桃树间飞来飞去,叽叽喳喳地唱个不停,它们是想用歌声留住春的翅膀,用春光编织自己的理想!

此时我忽然发现,这个平常的小山丘竟是如此好的一个去处。我带了数码相机,把女儿的欢悦和幸福留在了相机里。女儿争着也要给我和她的妈妈照相,她让我们坐一块岩石上,她说她在给我们寻找悬崖峭壁的感觉;她让我们站在一棵杏树后面的土堆上,伸开双臂做飞翔状,她说爸爸妈妈在飞,爸爸妈妈回到了童年。我发现妻子的眼里已经有了泪光。

"看,那棵树上还有桃花!"女儿欢快地叫道。我们顺着女儿的手指看去,一棵小桃树长在一个毫不起眼的山沟沟里。我们兴奋的心情高到了极致,手牵着手小心地走到那棵小桃树旁。那棵小桃树并不高大,却有一朵小花儿高傲地立在细弱的枝条上。但我们并不沮丧,我们毕竟看到了桃花,看到了春天最灿烂的一刻。杏花凋了,其实是孕育着一个更加美好的未来,正像人们期待着一个硕果累累的秋天;桃花谢了,其实也预示着春天将渐渐远去,我们将告别曾经的天真和梦想,无意中把成熟与苦涩装进了心里。我和妻子嗅着花香,轻轻抚摸着它柔弱的枝条,感慨着岁月的无情流逝。如果能留住春天多好,让我们保持一颗青春躁动的心,用希冀抹去我们额上的皱纹;如果能留住春天多好,让我们再次放飞自己的理想,给我们的生活增加更多的幸福指数。女儿飞快地按动快门,别动,爸爸妈妈,我把你们与桃花都留在春天里。

妻子笑了,笑声荡漾在春风里。我大声地告诉女儿,春天已留在爸爸妈妈的心窝里!

儿子的童话书

老板通知加班,要赶制两车帐篷送往汶川的地震灾区。本来,亮子想借这个时间去给儿子买书,儿子要那种带彩页的童话故事书。下班后,他来到财务科,公司号召每个员工都要捐款。受灾群众的确很多,他在电视里看到了。他的心很痛,他瞅了瞅同事,毫不犹豫地从衣兜里掏出了 100 元。

亮子忽然想起要给家里打个电话。说好了他明天坐火车回老家,给儿子把童话书带回去,他却没来得及去买书。他知道儿子很懂事,不会因为他没买童话书而哭闹,可是他懂得承诺对于儿子成长的重要。

他手指僵硬地拨着自家的电话号,心里却想着儿子接到电话后惊喜的样子。电话里却传来一个女人冰冷的话语:"你拨的电话无应答。"这个时间应该是儿子在做作业,为什么没人接电话?妻子不在家,老母亲也不在家吗?老母亲去年得了脑血栓,至今行动不便。是不是家里发生了什么事?想到这里,他的心一下子悬到了嗓子眼。他又一次拨着自家的电话号,电话里依然传来那句冰冷的话语。

他不安地在宿舍里看了一会儿电视,每个电视台都在报道汶川地震的惨况:被埋在废墟里血淋淋的双手,缠满绷带打着点滴的老人,被救出的孩子睁着惊恐的眼睛!他不忍再看这些,把电视关了。他与同事们一样捐了 100 元钱,其实这 100 元钱能做什么呢? 如果自己经济上不那么紧张,或许他能再多捐一些。

亮子坐在床上,琢磨着家里没人接电话的事儿。会不会是老母亲的病情恶化了? 也许是儿子做完了作业,正与妈妈、奶奶一块儿坐在大门外呢! 他想着想着,不知怎么趴在床上睡着了。在梦中,他梦到了在山路上散步的老母亲,儿子用那双稚嫩的小手牵着奶奶的衣襟,妻子则紧跟在老母亲的身后。忽然间,天昏地暗,刮起了狂风,山在动,路在动,房屋在动;山路上一个裂开的缝隙吞噬了老母亲的病体,妻子倒在了一棵柳树下。儿子呢? 儿子在哪里,儿子在哪里? "我的家乡也发生地震了!" 他找不到他的母亲他的妻子他的儿子,他大声呼喊着,"谁来救救我的亲人!" 泪水流满了他的脸庞!

亮子醒来的时候天已经大亮,此时他才知道自己做了一夜的梦。而这个梦的确是吓坏了自己! 他赶紧起床,他要打电话问母亲,她的身体现在是否很好? 他要打电话告诉儿子,他这就去买童话书! 他打电话要告诉妻子,老板把他 5000 元的工钱全结了!

他来到电话亭,拨通了自家的电话。电话那头传来了儿子甜甜的声音。儿子说:"我昨天在学校捐款了,我给汶川的小朋友捐了 200 元;我昨晚还跟着妈妈、奶奶去村委会了,奶奶说谁家都保不准有个灾难,都不帮衬怎么得了? 我妈妈捐款不能代表她! 爸爸,你们的工钱结了吗? 你是不是捐了更多的款? 妈妈说家里今年的蚕卖了个好价钱,不缺你那两个钱呢! 奶奶不想让你再打工了,想让你在家里帮妈妈养蚕! 还有,你不要给我买童话书了,我已经是大孩子了,不想再看童话书了,把那钱捐给汶川的小朋友们吧,他们好可怜呢!"

他挂掉家里的电话后,脸上泪盈盈的。儿子说的话并非全是实话,才上二年级的儿子怎么会不想看童话书了呢? 他知道儿子的心思,心里默默地念叨着:儿子,下次一定给你买童话书! 他想马上回家,离家太久了,好想生他养他的那个小山村。不过,走前他还要办一件事情,他要去市中心的人民广场,那儿设有流动捐款箱,他要把自己 5000 元的工钱全部捐给汶川!

家

接到哥哥的电话时,我正在上课。哥哥说,爷爷的哮喘病犯了,村里医疗室不敢再留,让去县城医院。我说,那赶快去呀,还等什么。哥哥叹了口气,爷爷的脾气你知道的,快到春节了,他哪里离得开这个家! 我顿时没有了言语。爷爷恋家,他唯恐去了县城,一去不能返呢。

爷爷是个离休干部,80 多岁了,每到冬季便喘不过气来,有时还要去县城的医院。大约是 3 年前,我接替哥哥去医院陪诊。那一夜,爷爷给我讲了很多。他讲到少年时跟四先生读《论语》,讲到新中国成立前的革命追求,讲到 1958 年的大水、1960 年的饥荒。他给我讲得最多则是我们这个家。他读的是私塾,最懂得孝道。爷爷兄妹 6 人,他是长子。上有父母奶奶需要孝顺,下有弟妹需要照顾。他对我说,子曰:"父母在,不远游,游必有方",可是为了工作他又无可选择。每到歇班,他便步行 60 多里,急匆匆地从大坞往家赶(大坞是当时的凫山县委所在地)。县里有两辆自行车,县委书记一辆,另一辆公用,但他从来没私自用过。

哥哥再次打来了电话:爷爷可能不行了。医生说,爷爷胸腔里全是水,基本上已不代谢,内脏的各项功能也趋于衰竭。

我赶紧请假,去车站等车。在路上我遇到了一个朋友,开着单位里的车。朋友知道我要去县城,便邀我同车,我婉言谢绝了。我记得爷爷的话,他从来没有私自用过公家的车。

来到医院时,已经是晚上。爷爷的精神很好,嗓门很亮,一点都不像哥哥说的那个样子。爷爷似乎有很多话要说,又给我们说起他读的《论语》《诗经》,1958 年的洪水、1960 年的饥荒,还说到了我曾祖父的勤劳、曾祖母的倔强,最后说到了我们现在的家。爷爷说:"我离休时,县里要给我分楼房呢,我要它干甚? 你的奶奶、叔姑们全在农村。你的叔姑们不止一次地抱怨我,干了一辈子的革命,孩子们全在农村出力,老了又回乡下养老。他们哪里懂得,这里是我的家,落叶归根,你的曾祖父、曾祖母都在这里,我不回这里该去哪里? "

爷爷的话令我脸红。就在去年,我和大哥也曾私下里抱怨,爷爷这人真是呆板,为什么离休后不留城里,偏偏回到咱这山沟沟呢? 凭爷爷的关系,如果我们家人都安排在城里上班,照顾上不就方便了。爷爷知道我俩的话暴跳如雷。我们都吓得不敢再说话了。

我担心爷爷病着,便阻止他说话。爷爷却摆着手,继续说:"你的叔姑们没沾过我的光,其实当农民有什么不好? 没有工作能力,凭着关系去了好位置还不是害国害民? 你做老师是不错的,风不打头雨不打脸,一定要脚踏实地好好工作。记着我的话,不要在这里陪我。"

我走出病房,到了医生那儿,询问爷爷的病情。

医生说,爷爷这是回光返照,没有太多时间了,你们家人都不要远离了。我擦干了眼泪,恳求医生再想想办法。医生摇了摇头。

我向医生借了一辆自行车,嘱咐哥哥照看好爷爷,然后去爷爷的单位,给爷爷报销医药费。我骑上车却又下来了,再也没敢骑上去,一直推着走了一路。曾经自行车也是公车,爷爷没有私自骑过。城里乡下,爷爷用他那双脚板步量着走了过来。这一直是他的骄傲,直至他生命的最后一瞬。我怎能在爷爷生命的最后一瞬骑自行车呢!

　　爷爷永远地停止了呼吸,就在我去爷爷单位的路上时。

　　爷爷要回家了,他要回到我曾祖父曾祖母的身边。爷爷的单位派了车。爷爷坐上了公车,坐着自己单位的车回了家。

美丽的天堂

第二辑

我家的河滩地

1

　　在白马河南面,河堤内侧,有一块很不惹眼的河滩地。因为邹西会战,深挖白马河,河滩本就贫瘠的土地变得更加贫瘠。说起来你可能不会相信,就是这块地,我家竟然种了近 20 年。信与不信都无关紧要,这是我们村很多人知道的一个事实。

　　我家开始种这块地纯属偶然。听父亲说,村里分地时,按肥瘠状况把耕地分为四等。每家都有一级地,每家也都有二、三、四级地。那次分地竟然有这么一家,四级地分了河滩地,却死活都不愿意种。这家男人一次次找村委会要求调换,找经营组长老黑要求调换。老黑正被缠得没法子,我父亲来到他家,准备换种这块地。老黑瞪大了眼睛,叮嘱我父亲要考虑好了,莫要后悔。我父亲眯着眼睛抽着旱烟,毫不犹豫地换下了这块地。

　　像换地这类事,家里一般是父亲拿主意。姐姐哥哥那时年龄也不大,在家里不算劳力,说话不算数。我在外地上高中,说话自然也不算数。母亲对村里的耕地了如指掌。那块地的土壤以从河底翻上来的白砂泥为主,肥力较低。母亲说过父亲几次,说他太老实,太忠厚,白白吃了亏。

父亲笑着说："地没好孬，看你怎么种。那块地离河这么近，你咋不想想咱占了便宜呢？"

父亲说得真有道理。那块地北面是白马河，清澈的河水每日追逐着日头，向西流向微山湖，用水确实方便。我忽然间喜欢起河滩地，心中堆满了种种幻想。来这里耕作，不仅可以看到河里的鱼儿，来来往往的船只，还可以欣赏白马河上落日的美景呢。

然而不久，我就因这块地而充满了沮丧。那时我虽然在外地上高中，每到星期天或假期，还是要到地里干活。我上高二那年暑假，滴雨未见。我家在河滩地种了棉花，棉苗旱得几乎要死。父亲号召全家人挑起水桶，到白马河里挑水。庄户人都知道，再好的地没有水浇，也算白搭。河滩地虽是四级地，但白马河近在咫尺，这是铁定的事实。来到河滩地时，我发现因为天气干旱，河道已多处干涸，只有在河道最底处才能找到水。最难的是挑水，从河道底沿坡走上河床，再到地里，每挑一桶，都气喘吁吁，大汗淋漓。那天似乎有一点南风，可是河堤却把风挡得严严实实，闷得人喘不过气来。我这才觉得，父亲当初换来这块地是多么错误。河滩地离水源再近，没有抽水机没有沟渠，不是还得靠手提肩挑吗？我虽有怨言，却也只好咽回肚里。事实如此，抱怨有何用，何况我已没有抱怨的气力！

这年秋天的一个周末，我又随我父亲母亲来到河滩地。已经开始收摘棉花了，每两日就得摘一次。看着地里白云朵似的棉花，我的心情好到了极点，毕竟我流出的汗水，已经丰收。父亲和母亲都是劳动能手，他们总是摘完两行之后，我还一行摘不到头。父亲看着我不断揉腰的样子，不由得哈哈大笑。

在河堤上休息时，父亲告诉了我一个小秘密。父亲说："这块地贫瘠不假，这块地的西侧，你看，也就是那儿，是通往白马河老桥的一条路。老桥因为桥面低，七十年代末被炸掉了。这条通往老桥的废路全是碎石铺就,不也被我开出来了吗?不是换种这块地,咱哪能在这儿开荒?你姐弟仨都大了,要花钱,特别是你小子,还不知能不能考上大学!"

我顺着父亲夹着旱烟的手指看去。我家的河滩地的确比原来宽了几米。我的父亲呦,竟然还打着这个算盘。

2

因为人口变化,我们村的耕地每5年变动一次。等到又一次分地时,我刚被分配到镇中学。姐姐已经出嫁,哥哥也已经分家单过,这个家也就只剩下父亲、母亲和我了。这时我觉得,决不能再让父亲种贫瘠的河滩地了。我的父亲母亲毕竟年纪大了,虽然他们在意愿上从不输给年轻人。

但这次,我家竟然真的分到了河滩地,还是我家原来种的那块。父亲和哥哥的地分在了一块,是哥哥抓的阄。父亲便只种了河滩地。父亲对我说:"哪块地都一样种,庄户人还分地的好孬?那是没有种地的本事。"

这次我无话可说了。随他去吧,我的父亲和母亲在地里劳动了一辈子,他们不计较什么,我也没办法让他们计较。我的父母亲觉得种河滩地快乐,我怎么能去阻止呢?

每到周末,我依然回家,一如当年我上学时。我喜欢看父亲在地里干活时的样子,我喜欢吃母亲做的家常饭。到河滩地里走一走,给玉米松松土,拔上两棵草,出一身臭汗,也就把我的烦恼送得远远的了。

我父亲身体已不如当年,可干起活来,却是比谁都认真。父亲从来不用除草剂。麦收后,玉米长到才一手指高时,他便开始锄地松土。玉米长到齐腰时,他要锄完三遍。来到河滩地,你一定看不到杂草。父亲几乎不用农药,有了虫子,便用土法除掉,有时甚至用手逮虫子。说这些,你可能依然不信。看一看庄稼的产量就可以知道了。我家那块河滩地是两亩半，外加半亩开荒，也就三亩地。家里每年大约可以收麦子近3000斤、玉米3000多斤。我们不必算物价上涨。作为农民，产量是对劳动的最好评价。

父亲每年都要卖掉一部分粮食，这是惯例。收完麦子后，他便开始晒麦子。玉米地里的杂草锄完后，他依然在晒麦子。这时，邻居们的麦子早就卖掉了。有人便笑我父亲："还要晒呀，把麦子晒糊了呢。"当然，邻居们笑有笑的道理。现在私人收粮点很多，并不在乎粮食的干净与否。邻居们便也图省心，稍微一晒，便卖了出去。有的甚至刚收下便拉去了收粮点，谁也不在乎是否多卖上一分二分钱，有时间晒粮还不如抓紧去打工呢。父亲不这样认为。父亲说："在以往，麦子交给粮所，那是交爱国粮。麦子是给人吃的，杂质太多了，潮湿变质了，既坑了收粮大户，还危害老百姓的健康。这不是庄户人该做的事。"

父亲每年还要留些余粮，留下的粮食总是吃不完。他说："年年有余粮，才能吃饱饭，不留余粮，遇到灾年怎么办？"说这话时，父亲还总会说到1958年白马河的洪水、1963年的自然灾害，仿佛那些年的饥荒还在眼前。

父亲的这个说法，我至今没有琢磨透。现在是什么社会，哪里会有灾年，哪里能饿肚子？

3

再次分地，我找到了经营组长。这时的经营组长已是我本家兄弟。我希望兄弟能帮个忙，让我父亲种一块离家近点，又好耕种的地。我兄弟一下子笑喷了："哥哥呀，这点小事还找我，你就放心吧，就算俺大爷手气再不好，也不至于抓阄抓到河滩地呀！"

然而到了周末回家时，我得到的第一个消息是，我家依然分到了河滩地,又是从前的那块。我很生气,想去找我那经营组长兄弟,小小的经营组长,竟然也如此官僚,如此不堪托付。妻子劝住了我:"老人家只要愿意种,那就种吧,反正已经种了那么多年。"我看父亲的意思,他并不觉得那块地不好,便不再言语了。

再去河滩地干活时,我便经常打击父亲种地的积极性。我父亲已经是 60 多岁的人了,常常腰疼、腿疼、胳膊疼,这大约是因为年轻时出透了力。父亲从不反驳,只是啪嗒啪嗒地抽旱烟,他已经注意在孩子面前给我留下面子了。

每次回学校,父亲总是嘱咐我,要把心思用在教学上,不要挂牵家里。但我真的脱不开时间回家,想到父亲和母亲不知又如何忙碌,不知又如何气喘吁吁,心里便不是滋味。等到有时间回家,又到了河滩地头,我的心便释然了。没有我在家,父亲的地依然种得那么好。看着金黄的麦穗,闻着浓郁的麦香,心里说不出的舒坦。想着往日打击父亲种地积极性的话,心里又惭愧万分。在农村劳动了一辈子的父亲和母亲,如果不去种地,我真不知道该让他们做什么! 其实,父母种种地也好,我不该有什么不放心的。

父亲岁数大了,他之所以不肯放弃种地,其实还另有原因。父亲从来没有说过。跟我回家的妻子,总喜欢跟邻居们拉家常。一个邻居说:"你爹不愿意放弃种地,一方面是想自食其力,不过多地累赘你们姐弟 3 人;二是不想买外面的粮食吃,现在的食品都有添加剂,能不买着吃就不买着吃。"

在我又一次回家时,我那没帮忙的经营组长兄弟遇到了我。他一脸傻笑:"哥哥,这次俺大爷抓阄真没抓到那块河滩地。是二愣家的抓到了,俺大爷硬是换了回来。这可是高度机密,俺大爷不让告诉你。"

高度机密,父亲玩起了高度机密。父亲究竟还有多少机密?

4

前不久,村里又分地了。这时我已过了不惑之年,再也不想过问分地的事了。父亲只要能跑能动,就一定要去种地。河滩地种了那么多年,他种出了感情,不会放了那块地。果然,在村里分地之前,父亲作了声明,他只种那块河滩地。村里人没有谁说什么,就把那块地留了出来。

这时的河滩地,周围环境已经发生了很大的变化。白马河南岸建起了河港,虽然距离我家的河滩地甚远,但港上繁忙的景象已经让人目不暇接。在往年,白马河两岸,只有农忙时才人头攒动。可是现在,一年四季都忙。一辆辆运输车顺着太黄路朝河港开来,轮船的汽笛声叫得人心头麻酥酥的,说不出的敞亮。紧接着,白马河两岸又建起了几处河港。最大的是北岸的荣信港,紧靠白马河大桥,为一家外资企业所建。父亲说,你看咱的白马河,满河里流的是金子。父亲虽然不善表达,但这话却说得实在。

父亲不愿让我再猜他的心事。他总是说些往事:"当年邹西会战时,我还是个棒小伙。我们挖过白马河,整过侍玉、卧牛、黄路屯及羊石山村以北的涝洼地。那时生产队长一声令下,我们都玩命地干,寒冬腊月,我们光着脊梁,汗珠子直往下滚,就巴望着能有一天吃饱饭,能有一天过上好日子。这些事好像还都在眼前,怎么我说老就老了呢?"

听着父亲的话,我直想流眼泪。父亲的一辈子不容易,他盼到了自己要过的好日子,可是他却老了。

父亲又卷上了一根旱烟。他说:"你说我不种地,我能干啥?在北墙根与老太太们扯闲篇、晒太阳,比在这里种地、看风景强吗?你看这来来往往的轮船,你看这变化着的社会,不看看才亏呢!都说我种这河滩地不值,真是没见识!"

我家的河滩地这些事，说了你可能不信。信与不信真的不重要，反正我觉得父亲的做法没有错。我父亲的话我信。

酒 是 什 么

酒是什么？少年时的我对酒只是一种好奇，我惊奇于大人们醉酒后的各种闹剧。酒的力量真大呀，口拙的人因它变得健谈，甚至口出狂言；性格内向的人因它忽然变得洒脱豪迈；一个本来矜持的、事事慎微的人，竟然手舞足蹈或猝然泪下。少年的我，在小学时与同学第一次喝了酒。那是家里自酿的地瓜干酒，辣辣的辣不如尖椒，苦苦的苦不如黄连。几杯酒下肚后，我竟然鄙视起那些醉酒的人来，这就是酒啊，这有什么呢？怎么会烂醉如泥，怎么会酒醉失形？喝了酒，我们几个同学走上了街头。脚下却如同踩了厚厚的棉团，让人飘飘然的。我们几个看星星，看月亮，无意中想到了西山果园的老于头，那次就是因为我们几个在树上摘了他的几个果子，他竟然让我们褪下裤子，然后用高举的鞋子对准了我们的屁股！

找他去，找他去，我们不约而同地说。黑夜里，我们把土坷垃扔向了老于头的茅草屋……

酒是什么？随着岁月的流逝，我对酒才有了初步的认识。"劝君更尽一杯酒，西出阳关无故人"，此时酒是对朋友的牵挂，酒就是深厚的友谊。"举杯邀明月,对影成三人",孤独的人生中,酒成了知己,酒充当了一个多么重要的角色啊！"造饮辄尽,期在必醉",面对黑暗的现实,陶渊明的志趣似乎在酒、在菊、在他躬耕的南山,这又是多么无奈！"今宵酒醒何处？杨柳岸,晓风残月！"酒是相思,酒是爱情,酒是生活里的一杯苦茶。当我第一次经历失败,提着酒走上了村外的田埂,酒成了我泪水的源泉。一杯酒下肚,泪花挂满了脸庞。此时我才明白,酒其实就是人生的画笔,它给我们的人生增添了绚丽的色彩。

酒是什么？我欣赏酒,当我执着于醇如美酒的人生时,我对酒有了更深的认识。已成为大人的我并不常饮酒,在我此时的人生观中,酒是人生中的性情之物,并不是生活意义的全部。酒能成事,在一次商业谈判中,酒也许成了双方诚意的依托,成了促谈的催化剂。但是也许就因为多贪一杯淡酒,我们的生活因此变得一塌糊涂,酒则把我们刚刚拉起的桅杆折断。

酒是什么？在单位的一次体检中,有的同事查出了酒精肝,有的同事查出了糖尿病,甚至还有与酒有关的其他病。再看到酒时,我变得胆战心惊。什么茅台酒,什么古井贡,什么四川五粮液等,那都是我们生命中的催命符呀！你沾上了它,爱上了它,它就能把你拖入地狱。在爷爷的病榻前,面对曾经嗜酒的爷爷,我竟然凄然泪下！

酒到底是什么？酒是友谊,酒是爱情,酒是生活中苦与乐的浓缩,酒是人生美丽的点缀。"美酒飘香啊歌声飞,朋友啊请你干一杯请你干一杯,胜利的十月永难忘,杯中洒满幸福泪",朋友们,当我们唱着祝酒歌走进了工厂车间,当我们拿起粉笔站在那三尺讲台上,当我们坐在大厦内用笔描绘我们的建设蓝图时,我们的心情是多么豪迈,这时酒才成了我们生活中最美的东西。当我们一味地沉醉在饭桌旁,美酒渗进了我们的每一个日子,为我们人生光环涂抹了太多太浓的墨色,酒则不再是酒,而成了我们人生道路上的荆棘,成了我们生活中最丑陋的东西！

老孟和他的夯调子

"小小的夯桩似根材 / 能工巧匠捆起来 / 建起夯桩把地工排 / 盖起高楼逐北斗 / 盖上南楼遮太阳 / 盖上东楼罩夕阳……"

八月的一天中午,我和老李、老张、老仲从羊石山林场经过,便听到树林里传来了高亢的夯调子。老李曾是老孟家的邻居,他告诉我们:"这唱夯调子的人,应该就是老孟!"

老孟的护林房在羊石山的西面。房内摆设简单,一床、一桌、一椅。由于天气闷热,我们便坐到了房前的石桌旁。老孟提来开水,给我们泡上了菊花茶。水是山泉水,菊花是野菊花。喝下去,满口的清香,内心凉爽了许多。

我告诉老孟:"这夯调子可是咱地方文化的宝贝,你老孟可不能带到棺材里去呀!"

老孟呵呵地笑道:"咱年纪大了,如果你们 4 人能做和,我还真想给你们唱几段呢!"

老李说:"做和的事你放心,我们 4 人来做就是了。"

老孟喝罢一杯茶,才唱起来:"一个尕老汉(哟哟)/ 七十七(呀么哟哟)/ 再加上四岁(呀子青)/ 八十一(呀哟哟)/ 拾了根麻秆钉了一杆秤(咿儿呀子哟)/ 星定给了个心不定(咿儿呀子哟)/ 拾了把铲铲买了一把盐（咿儿呀子哟）／心咸给了个心不闲（咿儿呀子哟）……"
我很兴奋，想不到竟然听到了原汁原味的夯调子。我真的有些庆幸此次
林场之行，如果今天不是遇到老孟，岂不错过了这民间瑰宝！

　　唱罢一首，我们便又喝茶。老孟给我们讲起他的故事。老孟小时曾
在济南生活过，其父在日本人的工地上做工。那时工地上有一个姓于的
领夯老头，与老孟家是老乡，两家关系也颇好。老于头很喜欢他，闲暇时
常教他唱家乡的夯调子。老孟很聪明，竟然把老于头的夯调子学了个遍。
在老孟9岁那年，暴躁的父亲因打了日本工头而逃出了济南。在老于头
的帮助下，他也随母亲坐上火车逃回了羊石山东面的高李村老家。

　　老孟讲完他的故事，又给我们唱起了另一首夯调子。他起个头唱一
句，我们4人便应和着。"绳子要扯匀（哎哎嗨夯呀）／力量要集中（哎
哎嗨夯呀）／号子要调上（哎哎嗨夯呀）／夯花要套上（哎哎嗨夯呀）
／说抬一起抬（哎哎嗨夯呀）／说落一搭落（哎哎嗨夯呀）／夯是公道
佬（哎哎嗨夯呀）／谁奸把谁捣（哎哎嗨夯呀）……"老孟70多岁了，
这么多年了竟还记得一字不差，让我们惊叹不已。

　　那年，老孟随母亲逃回到老家后，便又随父亲去了上海讨活路。直
到全国解放了，他结了婚，才在老家稳定下来。老孟有5个儿子，小儿子
未满周岁时，妻子便离开了人世。为了能挣到更多的粮米来养活一家老
小，他便尝试着给别人家领夯，成了四乡八村有名的领夯人。

　　老孟喝了一口茶，接着又唱了起来："椅子好比一杆枪／二字上短下
边长／三字横看川字样／四四方方一箇墙……"老孟告诉我们："旧时
领夯重要着呢！打夯需要团结协作，众人要随着夯调子的节奏一起动
作，否则劲就使不到一处。"

　　老孟会的夯调子很多，我用笔记下了的也很多。作为收集民间文化，
我绝对不虚此行。然而，我心中始终有一种说不出的遗憾：如今机械化
的劳动几乎全部代替了人力，作为一种民间文化形式，夯调子却已经远

离了我们的生活!

傍晚时分,我们告别了老孟。老孟用他节奏明快的夯调子为我们送行:"打一夯啊/连一夯啊/向前走啊/一条线啊/齐心干啊/夯得实啊/要操心啊/不要抢啊/拐过弯啊/换慢夯啊/……"

我们4人向老孟挥挥手,又齐声(哟哟嗨嗨)地应着他的夯调子。看着洒满夕阳的树林,我心中更是无限感慨:作为对民间文化的保护,夯调子的收集整理是重要的、及时的;可是,这种文化现象所体现出的团结协作精神是不是更重要、更应引起我们的关注呢?

那片杨树林

上中学的时候,我们教室的前面有片白杨林。白杨林南北大约有10米,东西不过10多米,全是碗口粗的白杨树。我欣喜于这片白杨树,竟与家前山坡上的枣树林一样的翠绿。树间也有黄雀、鸽子,飞来最多的是麻雀与小燕子;小鸟儿在树上飞来跳去,尽情地舒展着歌喉。来到这儿,我立刻认识到,这里绝对是一个读书的好地方。

入学后的天气依然闷热,在教室里实在读不下书去,老师便让我们端着书走进白杨树林中。早晨的太阳冉冉升起,阳光透过树叶照在我们的书上,在书上映出变幻着的图画。我们放开喉咙,高声朗读着课文,然后又不断地换另一本书。小鸟儿在树间飞来飞去,欢快地应和着琅琅的读书声。太阳渐渐升高了,阳光照在白杨树上,照在我们充满朝气的脸上,仿佛督促着小白杨,督促着年少的我们:"快快读书呀,快快长大呀!"

在一个烈日炎炎的夏日,我们告别了陪伴我们3年的白杨林。小白杨已经长成了大树,肆意地伸出枝条,相互拍打着对方的肩膀。微风吹来,小白杨又为我们奏起凯歌,吹落了我们惜别的泪水。我想,如果那片白杨林现在依然还在的话,它一定还记得我,在它的记忆中,一定有我的身影,有我的读书声!

从此,我永别了那片白杨林,去了另一个读书的地方。我的新学校里没有白杨林。光洁的水泥路旁长着整齐的冬青,争奇斗艳的各种花儿开在规则的花池里。没有白杨林的校园,曾经让我很苦闷,我不知道这花园式的校园里是否能放声朗读。新的环境使我愈加思念那片白杨林:我不能不读书,我不能没有白杨林。为了读书,我在心中种起了一片白杨林。于是,我又开始读书了,尽管是小声地,有时甚至是默读,却一样使我读到了很多东西。

当我最终告别了校园,走上了工作岗位时,我依然还读书,只不过是在繁忙的空闲里读。太多的时候,我奔波于生计,便没有时间再读书,记忆中的那片白杨林也因此淡薄了。有一天,那片白杨林忽然出现在我的梦中,让我流了满脸的泪。我竟然记不清我已有多少个日子没再读书,那么多的日子里,我竟然是在浑浑噩噩中度过;不再读书的日子里,我竟然不再是我,生活中毫无光辉!

生活中总有很多个开始,但人生绝不会有无数个日子。在心中种起一片白杨林,才可以让自己的读书声在白杨林间回荡;有书陪伴的日子,才会有朝阳照进我们的心里,才会让我们有限的日子过得更充实!

女儿的心愿

女儿才五岁半时,就已告别了幼儿园,在附小上了一年级。

孩子的年龄还小,我一直没有投入太多的关注。咿咿学语时,自然有妈妈的照顾,还有慈爱爷爷奶奶;女儿渐渐长大了,吃点什么样的点心,或者穿一件什么样的漂亮衣服,自然是她最大的心愿。然而,女儿上学之后,她的愿望却发生了很大的变化。

女儿上学后,对学校产生了很大的兴趣。每当放学,便向家里人讲述老师如何生气了,班里的一个同学如何摔倒了,等等。我也累了一天,吃过饭便上了床呼呼大睡,根本不再注意女儿在讲什么。然而,一年级的第一次考试,却使我对女儿大为恼火,她的语文和数学均考了80多分,这还了得。孩子这时才5岁,我自然不好责怪,却把矛头指向她的妈妈和爷爷奶奶。全家人都没再说什么,只有女儿像受了惊的鸟儿,紧紧地偎依在奶奶的怀里,眼睛上挂着泪珠。

女儿的学习成了全家人的心事。

我外出的时候也总是去书店看看,顺便给女儿捎回几本资料。我自恃自己也做老师,于是使出浑身的解数,辅导孩子的学习。女儿很乖,似乎也懂得我的心事,每当吃过饭,便悄悄地趴在书桌上,先做老师布置的作业,然后再做我布置的作业。期终考试终于过去了,女儿考了个双百,全家人都高兴得不得了,女儿更高兴。

转眼到了二年级,女儿这时已有六岁半。由于我带高三毕业班,我就无暇顾及孩子的学习了。然而,在二年级的第一次考试中,女儿考得又不太理想。女儿鬼精,在我回家之前便早早上床睡了觉。

几天后的一个晚上,她妈妈拿给我她的日记。这时我才知道,二年级实际上已经要求写日记。我打开女儿的一篇日记,很简短的一句话:

"不能出去玩,真烦!"

女儿已经有自己的烦恼了,女儿的愿望与我的想象相差得是那样远。女儿的愿望里有"玩",我何曾满足过她? 小小的孩子,正是贪玩的年龄,我该不该给她背上这么重的包袱?

想到此处,我心里一震,脑海中却映现出讲台下那一双双迷茫、忧伤的眼睛……

我打开另一篇日记,是女儿写于期中考试后的:

"这次考得不好,以后我不玩了。下次考好了,爸爸就高兴了。我一定好好学习,一定考好。"

看完这篇日记,我真的有些难过,甚至有点迷茫。女儿的愿望里有"学习",是不是受我陈腐的教育思想的影响? 为了考试,女儿竟然要放弃"玩"了,这又是多么可怕的事情! 女儿呀,为什么你的愿望没有流露在对我的撒娇中? 为什么你的愿望没有出现在与妈妈的悄悄话中?

女儿喜欢运动

经常早起跑步的女儿很惊讶,她并不常锻炼的妈妈跑步时,竟然健步如风气不虚喘。我只是微笑却并没有解释,一个曾经生活在乡间的野丫头,小时上学每天都要往返十几里山路,跑这点路又算什么?她爸爸说,每天早起锻炼,既可以呼吸新鲜空气又可以增强体质。他把女儿早起跑步的时间定在五点半,因为每天跑步后,我们还要吃早点、上班,女儿还要上学。对于他们这个跑步计划,我并不以为然。然而这个跑步计划实施后,女儿的饭量日益增加,身体也更加健壮。

每天总是丈夫陪女儿跑步,因为他也很喜欢运动。最近丈夫因单位里的事出了远门,督促女儿的重任就落在了我的肩上。然而多年来,我已养成了晚上看书的习惯,有时还爱写点东西,所以每天睡得很晚,早上起床总是问题。丈夫走后的第二天,如果不是女儿叫醒我,我险些忘掉了女儿的这个计划。这令我心里很不安。于是趁吃过饭时间,我找出了那个久已不用的小闹钟上。我很高兴,我又可以放心地坐在灯下看书了。

我曾问过女儿,你是不是非常喜欢体育,是不是做着世界冠军的梦?女儿奇怪地看着我,如果我有条件与机会为什么不可以?不做冠军就不可以喜欢运动吗?

女儿竟然很喜欢运动,这其实让我很欣慰。少年时的我考进县里的中学后,就因为能跑而被体育老师相中。也因为我不讲究跑步的姿势,却被同学们笑为"土老帽"，而最终放弃了进学校体育队的机会。放弃体育的我在学习上依然是刻苦的，在高考中我以优异的成绩考取了省重点师范大学。进入大学后的一段时间里，我曾为放弃了体育懊悔不已：如果我继续练体育，也许我会成为世界百米冠军，或者成为我们国家的朱建华、李宁。我的新选择将使我成为一名园丁，我只能把理想寄托在三尺讲台上。

于是为了陪女儿早起跑步，我洗漱后便及时地上了床。我给小闹钟上紧了弦，并把时间定在了五点半。有了小闹钟好多了，再也不怕错过了时间。多年的习惯让我睡不着，于是我又打开灯，把书放在床头上。长年的脑力劳动让我患上了神经衰弱的毛病，我早知道，常锻炼身体就可治愈的。然而随着年龄的增长，我逐渐懒于运动。我应让女儿把锻炼这种习惯培养起来，想着想着我竟然睡着了。在梦中我又一次回到了大山里，飞奔在弯曲的山路上。我幼时的小伙伴气喘吁吁地跟在身后面，不住地喊，等等我们！我欢快地大声呼喊，前面山顶见……

一觉醒来时，我看了一下小闹钟，才两点半，于是我又昏昏地睡去。我又不知做了什么梦，感觉自己一直在飞，有时是在山坡上，有时是在悬崖上，有时竟然看不到那个健步如飞的小女孩。我急得想大哭，可是又哭不出来，小女孩哪里去了，为什么我不能再飞？

女儿把我推醒了，妈妈你怎么了？

我揉了揉自己的双眼，才知道自己是做了梦。我又一次看了一次表，已经4点整，我赶紧把女儿推回了她自己的房间。我细心地听着小闹钟啪啪的响声，却不敢再睡了。也许一觉过后天色大亮，忘记了叫醒熟睡的女儿，耽误了女儿上学和自己上班。外面依然黑漆漆的，远处传来狗叫的声音，也许此时路上已有行人。在我上小学时，此时早该走在那弯曲的山路上了吧！

不知何时我又睡着了，醒来看表时发现还不到5点。我觉得此时让女儿起来还是太早,女儿正是长身体的时候,更需要睡眠。再过一小会儿吧,于是我又睡去。

再次醒来时,我睁大眼睛,此时还是不到 5 点。我一骨碌坐起,发现小闹钟不知出了什么毛病,已经不走了。我跑到女儿的房间,女儿早已不见了身影。

我笑了,笑声中脸上沾满了泪花。我似乎看见女儿正迎着朝阳,阔步跑在山路上……

女儿、我和小白兔

女儿躺在床上,却不肯入睡,缠着我给她讲故事。

我想着心事,口里应付着:"好,好,我给你讲《白雪公主》。"

"不行,都讲好几遍了。"女儿噘起小嘴。

"那我给你讲《小红帽》吧!"

"不行,不行,这次要讲个新的。"

新的?我绞尽脑汁地去想,却什么也想不出来。"好的,讲个新的,讲小白兔的故事吧",我忽然记起看过一本什么历险记,但又记不清楚,便想着给女儿编个故事。"小白兔家住在一个大山林里。老虎是这里的大王,这里还有大灰狼、小狐狸、大公鸡和绿孔雀,等等,全是虎大王的臣民。"看着女儿认真听讲的样子,我又继续讲到,"山林好大好大,有许多地方小白兔没有去过,有一天——有一天——"我打着呵欠,装着要困的样子。

"有一天怎么样了?"女儿追问道。

"天不早了,女儿,明天还要上学呢,睡吧!"女儿无奈地闭上眼睛,不一会儿便睡着了。

我躺在床上,却翻来覆去睡不着。每天迫于生计,奔波于生活的风雨中,人情的冷漠和那种孤立无助的感觉,让人心里一阵阵地发冷、发痛。睡吧,睡吧,假如明天晚上女儿要我讲小白兔的故事,我讲什么呢?养足精神,明天把故事编完整些,再讲给女儿不好吗?小白兔,小白兔,我心里不停地念叨着,却不知不觉地睡着了。

在梦里,我变成了小白兔。大灰狼紧跟在我的身后,穷追不舍。"绿孔雀,绿孔雀,快来救我",绿孔雀正站在小树下,喝着树叶上的露水,看见惊慌失措的我和穷追不舍的大灰狼,赶紧躲到了繁茂的树叶中。我跑呀,跑呀,慌忙中我看到了趴在巨石旁草丛里的大公鸡,瞥见了大树上小狐狸狡黠的眼睛。"砰",我被撞倒在地上。是老虎,这兽中之王,眼睛里透着凶残和贪婪。我两腿发软,瘫倒在地上……

醒来时,东边的窗子已微微透进霞光。

"爸爸,你怎么流了一身的汗?做噩梦了吧!"女儿伸出胖胖的小手,擦去我额上的汗珠,"爸爸,我梦见小白兔了,我给你讲讲好吗?"

我惊异地望着女儿,点了点头。

"在梦中呀,我变成了小白兔",女儿眨着天真的眼睛慢慢地向我讲述,"我呀,和绿孔雀一块到小公鸡家去玩。到了小公鸡家,小公鸡正在妈妈的怀里哭呢。原来,是可恶的小狐狸把它的糖果骗去了。看着我们来了,小公鸡才擦干了眼泪。小公鸡的妈妈说,'小朋友们,我有事要到外婆家去,你们好好地在家玩,还要小心提防大灰狼,一定要听话呀'。说完,小公鸡的妈妈穿上她的花衣服离开了。"

我听了感觉非常新奇,于是问道:"后来,又怎样了? "

"后来呀,大灰狼果然来了",女儿露出严肃的神情,郑重地说,"我和小公鸡、绿孔雀先是把大门顶上,然后想了很多办法,终于把大灰狼制服了,把它交给了可爱的虎王。虎王还帮小公鸡向小狐狸要回了它的糖果。"

"那你们都用了什么办法呀? "我还是不住地问。

"嗯——忘了",女儿难为情地放下小手,"总之,我们很团结,一块想了很多办法! 虎王办事也很酷呢! "

我笑了,女儿也笑了。女儿的故事里,有我曾经很熟悉而心动的内容,它消融着我心中的噩梦,把梦中的那个大山林也映满了霞光。

美丽的天堂

我曾问过祖父,"春雨是从哪里来的呀"。祖父将着胡须说:"这春雨来自天堂,能带给人们更多的福泽! "我似懂非懂,但相信祖父的话一定有道理。"天街小雨润如酥,草色遥看近却无",春雨滋润着万物,擦亮了人们喜悦的眼珠,它不是来自天堂又是来自哪里呢?

可是,天堂在哪里? 我常在细雨中静静地思索。祖父曾经说过,我的曾祖父去了天堂,那是个美丽幸福的地方。我不曾记得曾祖父,也不能理解什么是天堂。曾祖父生活的时代吃不饱穿不暖,他想去的地方当然好,天堂一定是幸福美丽的。

等到我长大时,我渐渐明白祖父说得并不准确。洁白的雪花来自哪里? 也来自祖父所说的天堂吗? 虽然寒风撕裂了高远的天幕,雪花冰封了辽阔的大地,却也同时塑造了一个冰雪玉砌的世界。天堂究竟是什么? 我只能用心放飞自己的幻想!

后来,我的祖父也不在人世了。奶奶说:"祖父去了一个很遥远很遥远的地方。"我问奶奶:"祖父也像曾祖父一样去了天堂吗? "奶奶只是忧伤地望着天,却没有说什么。如今我们的日子好了,祖父整天对愈过愈有盼头的日子合不拢嘴,他怎么会去了所谓的天堂,那是我们谁也不愿意让他去的地方呀!

在悄然流逝的日子里,岁月竟然染白了我的双鬓。我心中曾刻上了太多往事的痕迹,这往事里有苦难,有幻想,也有对亲人的无限思念。每日的忙忙碌碌,全是为了建设我们一个幸福美丽的家园,太多的欢乐和幸福,使我曾经牢记的往事逐渐淡薄。我快乐地生活在每一天,看着青山绿水,看着美丽的田野,享受着现代生活给予我们的一切。

一个春雨绵绵的早上,我忽然又想起了祖父的那句话——"春雨来自天堂。"此时我想,天堂应该是存在的,也许它并不遥远。若非如此,为什么会在一夜之间,春雨便浸透了山川,把漫山遍野的树木全洗绿了? 无边无际的田野充满了生机,小鸟儿在树林间飞来飞去,用歌声唱出了内心的喜悦。我欣然地推开窗子,心中不由想到,难道这还不是天堂? 春雨滋润的大地,每年都发生着巨大的变化,我们的生活何尝不是呢? 曾祖父生活的日子,仅成了一种淡淡的记忆,他去了怎样的天堂? 我的祖父不该再去那个地方,我们现在的生活好了,还有比我们现在的生活更美的天堂?

我想起了两句诗,"清明时节雨纷纷,路上行人欲断魂"。清明节快要到了,许多往事又一块儿涌上了心头。祖父在的时候,曾为愈过愈有

盼头的日子合不拢嘴,弥留之际眼角上还闪着太多的留恋。祖父说,"春雨来自天堂";其实,天堂就在祖父曾经的愿望里,现在又悄悄地来到我们的生活里。

第三辑

尽情地歌唱

尽情地歌唱

　　他最近老想唱歌,唱那首他最喜欢的《常回家看看》。他想好了,只要有时间,他一定尽情地唱一唱。

　　前几天,妻子打来电话,问他什么时候回家,邻居们已帮着把麦子收进了家,她正为种玉米的事犯愁呢!他心里颇为着急,自从他在镇中学做了副校长,总是忙得脱不开身。老师们有事要找他,学生有事还要找他。不过,挂上电话后他就已决定,周末一定回家,节气不等人呀,无论如何都要种好下季庄稼。

　　到了周末,县教育局来了通知,要开一个素质教育动员会。他在去县城前给妻子打了电话,说是开完会立刻回家。

　　这次的会很重要,开了整整三天,回到学校后他才想起种玉米的事。已经十多天没回家了,他叹了一口气。到了晚上,妻子打来电话,说玉米已经种下了,还问他什么时候放暑假。他一边回答妻子的话,一边使劲地点头。

　　这一周,他的心情都很愉快。虽然每天的工作不轻,但他是一个闲不住的人,并不觉得太累。天骤然下起了绵绵的小雨,刚种下的玉米一定会出得苗全苗旺,这让他欣喜不已!这小雨也让他吃了苦头,他的腿有严重的关节炎,每逢阴雨天总是疼痛不已。他的办公室在三楼,他每天要爬上爬下，每上一步台阶，常使他的双腿疼痛难忍。可是，他感到充实，他喜欢做老师，每天的跑上跑下，何尝不是一种锻炼和享受！

眼看又到周末了，他又一次想到了大山深处的家，想到了自家地里的玉米。此时，他多么希望再接到妻子的电话，告诉他玉米的长势。

有一天夜里，他梦到了自家的那片玉米地。绿油油的玉米芽儿窜出地面，疯似的向上长，竟然还不住地对他笑。梦醒之后，他忽然想到，玉米是在长呀，可是地里的野草不也在长吗？想到这里，他有些坐不住了，好大的一片玉米地，妻子哪里能忙得过来呀！于是他决定，这个周末一定回家，把地里的草锄一锄。

到了周五下午，妻子又打来了电话，告诉他，过段时间就要给玉米施肥了。其实这件事，他心里早有计较：在这个贫困的山区乡镇，只有镇驻地才有一家卖化肥的。回家时路过那儿，正好捎回去！他还想问自家玉米的情况，妻子挂上了电话。他拿着话筒愣了好一会儿。这时，一个女教师慌慌张张地跑进了办公室："郝校长，有个学生不知得了啥病？"郝校长也慌了神，赶紧随着女教师跑进了教室，那学生正脸色蜡黄地伏在课桌上。他果断地背起学生，把学生送进了村卫生所。医生告诉他，是急性肠炎，送得很及时。他长出了一口气，却感觉双腿又疼了起来。

离开村卫生室时，天已经很黑了。他只好决定明天再回家。

他终于如愿。再转过一个山口，就要到家了。他用自行车驮着化肥，兴奋得直想唱。看着路上匆匆走着的行人，他又忍住了。他家的玉米地就在村头的山坡上，想象着玉米的长势，他不由得笑了。太阳火辣辣的，没有风，异常的闷热。山路旁的地里却也有人在劳作，稀稀疏疏的。渐渐地，他看到了村头的那个山坡，却发现一个陌生的老婆婆弯着腰在锄草。他想笑自己，年纪不算太大，倒是有些老眼昏花了。但是他又睁大了眼睛：明明是自家的玉米地，怎么会有一位陌生的老婆婆？

他停下车子，走上山坡："老婆婆，您好呀，这是您家的玉米地？"

老婆婆停了下来,摇了摇头:"是俺儿子老师郝校长家的,老师忙呀,来不及锄草,要不就会荒了呢!"

他疑惑地看了看老婆婆,似乎并不认识:"你儿子是谁,您老认识郝校长呀?"

老婆婆奇怪地看着他:"俺是牟山村的,郝校长曾是俺儿子的老师,还曾是俺孙子的老师,我怎么会不认识呢!听俺儿子说这就是郝校长的玉米地,往年夏天,郝校长常在这里干活。您说老师工作那么忙,来不及锄草,怎好让庄稼荒了呢?"

他忽然感觉眼角有些湿,用手绢拭了拭。

老婆婆问:"怎么了你?"

他笑着说:"风把沙子吹进眼里啦!"

老婆婆一脸惊讶:"你这人真逗,哪里有什么风?不过你说得也对,我也感觉凉快了呢!"

他忽然又想唱歌,于是扯开喉咙:"常回家——看看,回家——看看……"

我 爹,我娘

深秋的一个下午,姐姐打来电话,告诉我,"爹和娘都已 66 了,按咱农村的风俗,正摊今年吃肉。"

挂上电话后，我沉默了良久，心中不觉充满了忧伤。在我还不曾在事业上做出成绩，还不曾为爹娘做出什么时，我的爹娘就已经老了。

其实，在今年收玉米的时候，我就发现爹不同以往。爹去地头休息的次数多了。我问他哪里不舒服，爹笑了笑，说是感觉有些累。啊，爹竟然说累了，这在我的记忆中是从来没有过的。爹的岁数大了，爹的身体已不如往年！

爹从年轻时就是一个劳动的好手。爹13岁时参加了南阳湖的挖掘，此后，泗河工地，白马河工地，七里沟的开挖，都有他的身影。特别是那年邹西会战，爹的独轮车常常走在劳动大军的前面。爹得了奖，是一张小小的奖状。爹常把它拿出来，向我姐弟3人炫耀。每当谈起那段历史，爹的脸上便闪着兴奋的光芒。那时，人们总是以劳动为荣，每日风餐露宿，从来不计较报酬。我感觉我们的爹特别棒，期望自己将来也能像爹一样，去很远的地方打河工，也能得这么一张奖状。然而可惜的是，在我上小学二年级的时候，爹的奖状被我做书皮包了书，爹也用他厚实的大手打了我的屁股。

但我并不记恨爹，爹其实是很疼爱我的。记得一个雪夜，爹从白马河工地赶回家来，并把我从被窝里叫醒。原来，工地上改善伙食，每人发了两个白面馒头，爹没舍得吃，便连夜赶了回来。看着我狼吞虎咽的样子，爹笑出了眼泪。爹喝了一碗水，便又连夜赶了回去。

那个时代给我留下的记忆不多，却是那样深刻，那样地令人难以忘怀。

娘和爹一样，也每天参加生产队的劳动。割麦、收豆、锄荒，哪一样活计都不愿输给男劳力。实行生产责任制之后，我家种了10多亩地。爹去了南山的石料场开石头，姐姐、哥哥都去了外乡，而我则去了镇里上中学。娘每天忙在地里，种麦、种玉米。后来，村里号召种棉花，我家又种了几亩棉花。为了节省开支、少买农药，娘每天起得很早，到棉田里捉虫子。我偶尔也去棉田帮忙，那只能是在周末或假期。我还记得第一次拾棉花时的情景，我一下子就被白花花的棉花折服了，甚至还诗兴大发；然而等到拾完了这块地，那块地却又开得白花花的一片，煞是愁人，我再也提不起作诗的兴致了。

每当去地里干活，我总忙里偷闲。娘笑着对我说，"庄稼地里的滋味不好受吧！那你好好上学，考上大学就有好日子过了！"娘的话在理，庄户人家的日子不容易。回到学校，我把娘的话当成了刻苦读书的动力。现在想起来，娘的话并非十分准确，却是那样深深地触动着我。娘不懂得什么哲学，每天和庄稼打交道，她是从汗水中品味出这样朴实的道理。

在离开爹和娘的日子里，我更多想到的是他们的吃苦耐劳。在我姐弟3人成家立业之后，爹和娘依然种地。我工作很忙，除了周末，便很少回家。偶尔收庄稼时回家，爹和娘便撵我一边歇着，说我没有出过力，不会干活。我因此很清闲，似乎成了爹和娘的客人。每逢到了农闲，爹便把娘做好的干粮、面粉送来，或者把收好的白菜送来。用娘的话说，自家产的经济、干净，吃得放心。

在我人生的路途中，我自认为也吃了不少的苦，可是与爹娘相比，我经历的挫折又算得了什么呢？爹和娘都已老了，时常感觉有些累。不过，在爹娘面前，我依然把自己当作孩子，还没有把自己的肩膀磨炼得坚强起来。这又使我惭愧不已。

爹和娘都已老了，66岁是人生的一大坎。爹和娘并没有感到惶然。在他们的一生中，他们把自己闪光的青春献给了我们的集体、我们的国家，把他们所有的心血都倾注在了我姐弟3人身上。我们也都会有老的那一天，可人生能有几个66岁？我们也会像爹和娘那样，活得光荣，活得有声有色吗？对于我姐弟3人，爹和娘付出了很多，我们又该用什么回报他们呢？

雨　夜

　　忙碌了一天,当妻和女儿都睡熟了后,才感觉有一片闲暇属于自己。我拖着疲惫的身子,独自坐在窗前,感受着夜色的宁静。窗外的夜空没有一点星光,远山、村庄全都笼罩在夜幕里;近处房屋的轮廓依稀可辨,昏暗的灯光照在小路上,目送着行人匆匆的脚步。

　　起风了,几个雨点飘进窗子,飘落在我的手背上,使我打了个寒战。初冬的风不再像其他的季节,它来得凶猛、寒冽;初冬的雨,浸透了一年来的寒意,全然脱去了往日的温存。心头的那份宁静又因此平添了几分凄凉和孤独。

　　我站起身子,想着去院中走走。听着窗外愈加急骤的雨点声,我又坐回了窗前。黑漆漆的夜里,愈来愈密的雨中,院子里也绝不是一个好去处。我只能坐在窗前,细听雨的节奏,用心感受雨的魂灵。雨淅淅沥沥的,若在白天,一定可以看得见她如线的身影。我想象不出,那细雨落在近处的屋面上,除了帮他洗去黝黑的尘土,是否会给它带来更多的凄冷?树叶几乎完全飘落的白杨树呢? 一定是在这寒雨中摇曳着她瘦弱的枝条,无助地呻吟着、哭泣着。

　　夜渐渐深了,雨也渐渐大了。几滴大的雨滴重重地落在地面上,让人心中一紧。我听得有几户人家关上了窗子,从窗子透过来的灯光也终于消失了。我的四周变成了黑漆漆的一片,仿佛有四堵墙围在我的周围,让我透不过气来。我全然不顾雨滴不断地从窗外飘进,极力地呼吸着这由雨带来的清新和冷意,平抑着心中似乎要泛起的疲惫和烦躁。呜呜的风声愈来愈响,声调却很低沉,像一个吹箫人在雨中喃喃地诉说。雨点的节奏却变得更加明快,如同一个个石子落在青石板上,清脆悦耳。宁静的心也随着这风声雨声,一会儿低沉,一会儿欢悦。

风和雨仿佛生了气,一下子变得暴躁起来。风和雨相互撕咬着,风声变得刺耳,肆虐地撕裂着黑漆漆的夜空;雨滴却似乎乱了章法,拼命地撞击着大地。我关上窗子,心中凛然生畏。雨愈下愈大,与风搅和在一起,又感觉宛若在空中奏起一首合唱曲,各声部此起彼伏,使人仿佛置身于一个大型音乐厅,陶醉于这风雨谱成的乐曲中。在这宏大的风雨乐曲中,所有的疲惫、孤寂、畏惧,瞬间消失。

我离开了窗子,在这风雨声中躺上了床。夜虽然不平静,我的心却宁静如湖。听着窗外的风雨声,我忽然心有所悟:其实,这风雨不也正像生活吗?生活中有风也有雨,有欢欣也有孤寂,重要的是我们如何去欣赏和面对。

故乡月儿圆

雨后的天空露出了几颗星星,湿热的空气里飘来一阵鱼肉的香味。

该做饭了,翠儿想。然而丈夫连柱还没有下班,要不趁这个空子给儿子打个电话？儿子此时在干什么？与奶奶一块在院子里吃晚饭吗？今天是八月十五，可是这个城市的十五却没有月亮。来这个城市打工已有半年多了，每个月的十五，翠儿都要与家里通个电话。

翠儿锁上了大门，一个人走在街上。

连柱在一家建筑公司打工，每天垒墙推沙，干的是力气活。虽然翠儿与连柱都是初中毕业，可是到了这地方，初中毕业却无异于文盲，找不到太好的工作。翠儿原来在一家饭馆做零工，后来饭馆里倒闭了。连柱的工资发得总不及时，两个人打工的日子过得紧巴巴的。在找工作的那段日子里，翠儿从郊区的一个废品收购站得到了启发。于是，她在郊区租了一个小院，每天去街上捡废品。这个活很脏，有时还要受别人的白眼，但她每月的收入都要高出连柱好多。翠儿每天愉快地走进城市的每一个角落，捡回来的废品堆满了院子。

翠儿来到街口的一个小卖部，这个小卖部里有一部公用电话。翠儿嘴里数着号码，拨通了自家的电话。

"喂。"翠儿不知为什么心里有些发慌。

"妈妈，是你吗？爸爸好吗？"儿子似乎带着哭腔。

"儿子你哭了吗？想妈妈了吗？"翠儿眼里有了泪花。

儿子还没说完话，电话却由他的奶奶接了过来。

"翠儿，你与连柱安心打工吧，我们好着呢，告诉连柱注意安全！"奶奶停了停，又说，"今儿下午，我和孙子去了玉米地，庄稼好着呢！"

"妈妈，我在咱地里撒了一泡尿，奶奶说玉米会长得更好呢。"显然是儿子抢过了电话。

"儿子，做完作业了吗？不要只顾着玩，上学要紧呢！"

"妈妈，我们今天学了乘法口诀，我背给你听，一一得一，一二得二，……"

"好孩子，好好学习文化，不要像我们——"翠儿没再说下去，她与连柱找工作的经历,让她深有体会,文化浅了,只能找些出力的活,挣的钱也少。记得上初中时,连柱与她学习都还不错,后来因为贫困就没有继续上学。不管打工多苦多累,她与连柱都要混出个样来,供孩子上大学。

"翠儿,天不早了,孩子要睡觉了,你回去给连柱做饭吧。"奶奶催促着翠儿。

翠儿放下了电话,沿着小街向她的住处走去。连柱在建筑公司的工作既累又不安全,拖欠工钱更是常有的事。还不如让连柱与她一块捡废品呢,尽管这活很脏也很累,可是却不少挣钱,管什么体面不体面呢!如果照自己现在的干法,她与连柱再多辛苦点,何愁不能挣大把大把的钱,那么她再也不用为儿子的上学担忧,儿子可以享受更好的教育,可以有更体面的工作,可以有个更好的未来。想到这里,翠儿心里美滋滋的。

天上的星星渐渐多了,云朵后透出昏暗的月光。

翠儿忽然想到,还没有问问儿子,家乡的月亮今晚是不是很圆、很亮?连柱现在也许还没回来,待会儿做饭还来得及,不如再回去打个电话,向儿子问个清楚。

翠儿这次是一路小跑,跑回了小卖部,她赶紧拨通了自家的电话。

电话中传来儿子的哭声。"妈妈,我刚睡着,就尿床了!"

"儿子不哭,怎么就尿床了呢?"

"在梦中,我想尿尿,是奶奶说——咱家的玉米好旺呢!"

"好儿子——"翠儿眼里湿漉漉的,直到泪水流进了嘴里,她才记起要问的问题,"儿子,咱家那儿是晴是阴?有月亮吗?"

"妈妈,咱这儿的月亮,好大、好圆,咱这窗口全是月光,都洒到被子上了呢!"

翠儿放下了电话,细细品味着儿子的话,感觉儿子说得有道理:故乡的月儿从来都是又圆又亮。等到她和连柱挣了大把大把的钱就返回故乡,再也不到这鬼地方来了;虽然这地方经济富足,可是这里没有她的家,这儿的月亮也没有她家乡的圆啊!

马大哈的故事

他刚上公交车时,众人在听一个老人讲故事。

老人讲的是他儿子上学的事。老人的儿子不爱学习,上学时常去网吧。一次,儿子去一个叫马大哈的老师那里借钱,还撒谎说自行车坏了,借钱去修车子。马老师便把钱给了他。等这鬼小子出门后,正巧马老师也出门去买东西,看见那鬼小子骑着自行车飞奔而去,才知道上了学生的当。

"你儿子这样的学生,马老师是应该了解的呀,怎会借钱给他? 这个马老师也够马虎的!"有人笑道。

他倒不觉得奇怪。他做过老师,这样的事他也遇到过。这样的学生未必就是坏学生,不过是需要老师多费些力吧。

"马老师曾多次去俺那儿家访,俺那儿是个山村,山高路陡,在一次夜里,马老师连人带自行车一块儿翻进了山沟里。正是他对我儿子的这份执着,我儿子才又鼓起了上学的勇气。我的儿子还考上了大学呢!"

老人的讲述让他心里很受用,尽管我与老人并不认识。老人所讲的这种事我并不陌生。他也不是一个很仔细的人,这样的事经历了又何止一件呢? 不过他好像没有老人所讲的马老师惹人喜爱。做老师的日子里,我似乎从同事们眼中看出了太多的嘲笑。好在他看出了自己并不是做老师的料,于是在工作几年后便考了研究生,去了某地做研究工作。不过,他一直对当年的学校怀有一份感恩,天真的学生虽然有时让人很生气,可是他们让他孤独的生活很充实啊。尤其是他走了以后,校长在一次教师大会上竟然表扬了他。校长说,我们不仅向高中输送了大量的学生,我们还向高校输送了研究生!尽管校长把他的名字误念成了马大哈,但足可以见他在领导心中的位置,同志们心中有他这个人呀。

老人看了一眼身旁的小女孩:"这孩子不想上学了呢!说是学校的作业太多,压得直头疼,还说现在考上学也不好找工作。孩子们说的俺也不懂,你们说孩子不上学怎么能行?我们这是去县城找他爸爸,让她爸想想办法。"

小女孩转过头:"爷爷你说什么呢!"

老人叹了口气:"还是她爸的那个老师好呀,乡下人都念叨他好呢!"

他也听出了兴趣。这老人与他正是一路,他也去上县城,与老人不同的是他再从县城坐火车去外地。

老人的兴致又来了。"这马老师是个好人,不过最终还是选择了离开学校,去做了别的工作。一个穷家的孩子考上了大学,然后做了老师,还是落户农村呀,谈对象就成了问题。听儿子说,马老师去相亲时,就因为他骑着一辆旧自行车,穿着一双旧皮鞋,对象告吹了。就他这一身寒酸的打扮,谁家的姑娘肯嫁?彩礼哪里出?"

众人感叹不已,他也很感慨。心里倒不自觉同情起那个与经历颇相似的马老师来。当时他确实穷呀,家里兄妹多,他微薄的工资还要贴补家里,哪里有钱打扮自己呢!不就是找对象吗?如果对方看中的是他的穿戴,或者是他兜里有钱没钱,她那是找对象吗?那时他打定了主意,如果对方确实不嫌弃自己贫穷,自己肯定接受对方。患难夫妻那才有意义呢!

他叹了一口气,想不到世界上竟有一个与我如此相似之人。下车后他一定与这个老人唠唠嗑,问清这个马老师的情况,他一定要交这个朋友。

"我爷俩要下车了,儿子在站口呢！"老人和他的孙女拿起了行李,走下车去。他猛然惊醒,他也要下车了。

"啊——老师！"一个文静的男子站在他的面前。

他惊讶地看着这男子,记忆中的一幕幕清晰地闪现出来,——是你！

男子身后的爷孙二人也惊讶地看着他。小女孩高兴地说,"啊,坐了一路的车,你就是那个大马哈大老师呀！"

我笑了,说道:"老爷子,我们应该见过面的。我叫马大颌,怎么又成了姓大的老师了。"

冰　　儿

放学时天空下起了小雨,淅淅沥沥的,随风抽打着教室的门窗。校园的小路上匆忙地走着不少人,有三两个人打着一把雨伞的,有双手抱着头或抱着肩小步跑的。已是开饭的时间,可是她似乎并不觉得饿,只感到一阵懊恼和寒气包围着自己。

看着飘落的雨滴,她的心一阵阵地发颤。"冰儿同学,第六名,退了5个名次",班主任老师严肃的面容和教室内种种异样的目光,使冰儿透不过气来。冰儿不敢抬头,强忍住泪水,努力寻找着这次考试失败的原因。每天天不亮起床,第一个来到教室读书,堆积如山的作业,每天挤掉课余所有的时间,从上面努力地爬过来,难道是她学习不够刻苦吗? 她不是一个好学生吗?

风渐渐大了,雨夜渐渐大了,小路上积了不少的雨水。玻璃窗在急骤的雨点中变得模糊不清。她费力地举起试卷,又缓缓地放在了课桌上。泪水朦胧中仿佛看见自家的小院;院墙角里童年时种下的那棵树,如今已是那样挺拔。仿佛看见父亲那双布满老茧的手,母亲眼神里的期望。记得爷爷曾经问过她:"孩子,你能在咱村的山路上印上一个大学生的足迹吗? "

看着试卷,流了满纸的泪。

细雨中,天空又飘起了雪花,像蒲公英,漫天飞舞,又轻轻地落在地上。路上的人又多了起来。陆续地吃完饭向教室走来。她把一只手伸向窗外,雪花始终没有落满手,寒气却从手心传到心里,把她的懊恼和忧伤全冻结了。也许还有别的原因吧,她努力地思索着。

这时小路上一个同学走了过来,踩在了水洼里,逆水减慢了裤腿;又一个同学走进了泥水里……另一个同学大声喊道:"垫两块石头再过去! "

她抬头再看时,那说话的同学已踏着石块走了过来。

雪渐渐大了,她的心情也渐渐好转了。她想:这路上并非全是泥水,如果每一个同学都能在泥水面前想想办法,总能蹚过去;在求知的道路上,他们不也正因缺少办法而泥水溅满裤腿吗? 其实人生也如雨中走路,鼓一鼓勇气,想一想办法,失败和挫折都可以迎刃而解的。

晚　霞

　　认识晚霞是在 20 多年前，那时我们还在上中学。晚霞很爱唱歌，她是个多愁善感的女孩。她唱出的歌很忧伤，常常撩起我们年轻的心。不过我知道，我其实并不忧伤什么，只是被她的歌声感染着。不懂忧伤的男孩，也许并没长大；谁愿意让别人轻看了自己，把自己当作一个不成熟的小男孩呢！

　　熟识晚霞的人说，她有一个醉酒的父亲，家里的条件并不好，但这一点并没有减少我们对她的好感。他的父亲是个酒鬼，这与她有何相干呢？她的眼睛是那样的明亮，她回答问题又是那样的敏捷，她还像大姐姐一样关心着每一位同学。当我们看到她，我们就几乎忘记了她醉酒的父亲。那时，国家才刚改革开放，我们基本上还是一样的贫穷，穷与富还没有在我们脑海中留下概念。我们那时评价别人的标准是：谁学习更认真，谁学习更刻苦。在老师与同学们眼中，晚霞是考重点高中和考名牌大学的好苗子，晚霞的将来无可限量。每天看到晚霞的身影，很多同学总是流露出钦佩与赞叹。

　　有一件事曾让我耿耿于怀，并痛苦了很久。

　　二蛋说："晚霞对你真好，同学们说她将来会给你做媳妇呢！"我知道二蛋说的是什么，晚霞常夸我脑子灵光，理解问题比她快。我知道晚霞说的是真心话,心里乐滋滋的,与她讨论问题时更常常是毫无顾忌,这让不少男生嫉妒。二蛋是我儿时的伙伴,他的话让我很生气,他怎么可以这样说晚霞,晚霞知道了会怎样想? 因此我便与二蛋吵了一架,很长时间没再理过他。

二蛋的话给了我很深的触动,他怎么可以说出这样让人脸红的话来? 晚霞依然找我来讨论问题,我有时很敷衍,甚至躲避她。

晚霞便敲着我的小脑袋问:"怎么了,小布丁? "

我结结巴巴地说:"二蛋说我们谈恋爱呢! "

晚霞红了脸:"胡说什么,不学习了? "说着生气地回到了她的座位上。

二蛋钻到了桌子底下。

我的脸羞得通红。我简直恨死二蛋了,他怎么会这样想? 他们怎么会这样说人? 晚霞生气了吧,晚霞还会理我吗?

那个晚上我失眠了,我被耳边的阵阵鼾声扰得头昏脑涨。我真的没想过什么,只是喜欢与善学的晚霞讨论问题罢了。晚霞明亮的眼睛是挺好看的,同学们都这样说。试问班里的每一个男生,谁不喜欢她的歌声呢? 我真的烦透了这些男生,臭烘烘的脚丫把他们的嘴也熏臭了吗?

熄灯铃打过很久了,我终于慢慢睡去。我做了一个奇怪的梦,在梦中我听到了唢呐声,众邻居把披着红花的我推向了最前面,他们架起我的胳膊挑开了新娘的红盖头。我大吃一惊:怎么竟然是晚霞!

第二天上课的时候,我再没有看见晚霞。晚霞也许真的是生我的气了。不再理我了不要紧,她怎么可以不上课? 她可是我们班的尖子,我们学校和乡里考重点高中、考大学的苗子呀!

晚霞最终没来上课,晚饭时我们知道了事情的真相。晚霞的母亲病故了,她的父亲依然醉酒,她的弟弟妹妹也在上学,她只有一个选择——

退学。晚霞与我们抱头痛哭！

晚霞永远地离开了学校，那年她才 14 岁。

怀念我的爷爷

在寒风肆虐的冬日，我又一次去看望了长眠在山坡上的爷爷。爷爷是在 4 年前的 2 月里没的，离开人世时刚满 85 岁。冬日的风很大，天气极其阴冷，把我的泪全部冻结在了心里。爷爷的坟很小，长满了荒草。这让我很难相信，倔强而温和的老人竟甘心躺在这抔黄土之下。狂风卷去坟上的枯草，却再无法惊扰我的爷爷。他静静地躺在这土丘下，终于解脱了一生的劳累。这对他来说，何尝不是一种幸福？

爷爷离休时，每月仅 50 多元的离休金。我家有 10 多口人，日子过得颇艰难。等到叔叔、姑姑都成家立业了，窘迫的状况才有所改善。我兄妹几人参加工作后，爷爷的离休金也有了提高。这时父亲和叔叔们都已分家单过，家里的生活不断得到改善。我们极少向有离休金的爷爷伸手，即使有困难。因为我们都知道苦了一生的爷爷，应该有一个幸福的晚年，实在不愿意老人为我们负担什么。爷爷也不轻易给我们几家钱，除非谁家有重大事情。爷爷说，假如你们都没有自强自立的本事，我把离休金都给了你们有什么用？吃老人饭会害了你们的！

曾祖母去世时，爷爷没有在身边。这成了爷爷的一大遗憾。他常对我们说，父母在，不远行，我的工作单位虽离家不远，却没能最后在母亲床前尽孝呀！爷爷参加工作时，是在当时的凫山县，后来凫山县撤销，爷爷到了微山县，直到他离休。爷爷离休后，便要求回到农村老家居住，因为那时我的曾祖父还在。

爷爷极珍惜自己的身体，为了更好地活着，他把嗜好一生的烟戒了。到了晚年，爷爷又患上了哮喘病。每逢到了冬季，寒流频繁，哮喘病就犯了，憋得难受。他于是去村医疗室拿药或打点滴。我的一个邻居说，老人家真是怪，现在一个月那么多离休金，为什么不去城里看病，城里的医疗条件不是更好吗？再说，离休干部应该给报销医药费呀！我们也疑惑，但不敢问，80多岁的老人，谁愿意让他不高兴呢！每年春暖花开时，爷爷总会去城里，去单位里坐坐。那时他又谈笑风生，完全没有大病初愈的样子。此时我才明白，他是不想让单位的人知道他身体不好。

爷爷对我讲过他在凫山县工作时的一件事。那时，爷爷在单位里分管车辆，确切地说是分管自行车。单位就两辆自行车，书记一辆，另一辆公用。县里有一个张秘书，曾向爷爷借车办点私事，爷爷严厉地拒绝了他。后来，地区调整领导班子，让爷爷去某县任职，张秘书私自压下了爷爷的调令。他其实一直记恨着爷爷的。爷爷没有私自用过公家的车，每次爷爷回家，都是跑几十里的山路。4年前的冬天，哥哥打来电话说，爷爷的哮喘病犯了，情况已很不好，需坐客车去城里看病。哥哥陪着爷爷去了县医院。几天后，我正好放假，准备替哥哥去医院陪护爷爷。我在车站等车时，遇到了一个朋友，他正要去县城为单位办事，让我坐他的车。想到爷爷讲的这件事，我便回绝了朋友，最终还是坚持等客车。这让临终前的爷爷很高兴，他的孙儿怎么能平白地沾公家的光呢！城里、乡下，爷爷用他那双脚板步量着走了过来，这一直是他的骄傲。爷爷病故后，爷爷的单位派了车。爷爷坐着单位的车回了家。

站在爷爷坟前，我又记起陶渊明《挽歌》里的句子：亲戚或余悲，他人亦已歌。死去何所道，托体同山阿。爷爷在世时是那样乐观，那样执着,他是否想到过自己会化作一抔黄土,成为这小山的一部分?我想,每个人活着,都要经历春夏秋冬,都要经历生老病死,但不同的却是人生的色彩。人生苦短,活着的人不应该更加珍惜时光,不应该更加振奋精神吗?

第四辑

月光下的记忆

风 筝飞满天

　　春日的村外热闹起来了。孩子们三个一群两个一伙地走上田埂地头，欢笑声回荡在辽阔的田野上。老人们坐在地头，悠闲地抽着烟聊着村里最近的喜事。小草儿已经泛绿，到处萌发着勃勃的生机。更热闹的还是空中，春天的天空有了一年中最美丽的一道风景——风筝飞满天。

　　满天的风筝好似走在台上的模特，悠闲地走在空中却又故意乱了步法，忽而向左，忽而向右，忽而向前，忽而向后，向人们展示它们绚丽的花衣和优美的身姿。最引人注目的要数天空中那只"红色的蜻蜓"，它就像一位小姑娘，调皮地穿梭于众风筝之间，似乎要发出咯咯的笑声来。一只"黄色的蝴蝶"翩翩飞来，它不时地低下头，好奇地嗅着满地的花香。那黑色的小精灵不正是"小燕子"吗？"小燕子"从温暖的南方飞来了，原来它早已知道春天回到了它的故乡！那是谁家放飞的"小孔雀"？她总是娇羞地转着身子，向人们展开她美丽的尾屏。一只挣脱了绳的小风筝飘向了高远的天际，望着远去的风筝，孩子们发出一阵欢快地叫声；他们都知道，被寒风束缚了一个冬季，谁不想到天空中自由地飞翔！

最高兴的还是孩子们,他们手里捏着牵绳,欢快地笑呀跳呀,仿佛在空中飞着的就是他们,他们的愿望就在牵绳的那一边。忽然一个小女孩哭了,她嫌自己的那只飞得不够高;一位老爷爷小心地把她揽在怀里,拿着她的手,帮她把风筝放飞得更高。孩子们整齐地站在田埂上,昂着脸注视着属于自己的那片天空。每一只风筝都在自由地飞翔,它们在空中找到了一片属于自己的位置。每一位孩子的眼中都闪着亮光,也许他们是想让风筝飞得更高更远,去找寻一片更美的天空;每一位孩子都专注地抓住牵绳,也许他们是在为那只挣脱牵绳的风筝担心,漫天飞翔虽然自由,但也可能会失去前进的方向呀!

　　不管是飞得高的或者低的,风筝们总是昂着头,面向春风吹来的方向。"吹面不寒杨柳风",莫非风筝也懂得春风的温暖吗? 是的,风筝早已嗅出了春的气息,它是想站在高处,偷看春天美丽的衣裙。怪不得小草儿也钻出地面,它是在向风筝打探春的信息,悄悄地给大地准备着春装!

　　春风中传来一阵歌声,是放风筝的孩子们在唱。"又是一年三月三,风筝飞满天,牵着我的思念和梦幻,走回到童年。"那歌声让我想起很多,想起了那个为糊好风筝一夜未眠的夜晚,想起了那些一块放风筝的小伙伴。风筝、白云和牵绳那头长长的梦幻,使我年轻的心充满了活力,让我在每一个春天,走上田间地头,走到孩子们中间,和他们一起仰望着风筝,寻找自己的那片天空。

幸福的谎言

　　在我的记忆中，最会说谎的是我们焦庄的老刘。

　　抗美援朝归来的老刘说，咱以后也会像国外一样，点灯不用油，耕地不用牛，家家住大楼。焦庄人疑惑地问，不用油拿什么点灯，莫非耕地要用人拉犁，大楼也像地主家的堂屋一样高大吗？人们都无法相信老刘的话，老刘最终也没有更好地解释清楚。不过，也没有人笑他。老刘是个老革命，参加过淮海战役，还去过朝鲜，算是村里第一个出国并见过世面的人，也只有他才能说得准外面的情况。

　　那一年，村里来了电影队，放电影《上甘岭》。老刘坐在人群间，指着电影中的人说，那个在最前面冲锋的战士就是他。不一会儿，那个战士倒下牺牲了。他又摇了摇头，这个不是，可能是那一个。我们几个小孩都笑了，老刘说那战士就是他，只不过是想引起我们对他的敬意罢了。后来听大人们说，老刘的确参加过上甘岭战役。我们认真研究过老刘说的每一句话，既然参加过上甘岭战役，为什么电影里没有他呢？我们认定了老刘是在说谎。当然，老刘的谎话给我留下了一个念想：如果我们焦庄真的点灯不用油,耕地不用牛,我们不就不会挨饿了吗?

奶奶有时也说谎,却没有老刘技巧高,很容易让人戳穿。

我 8 岁那年,刚入夏便下起了连阴雨,大水把地里的麦子全淹了。生产队抢收回来的那点麦子,多数都已发霉,带着霉味的麦子每家也只能分得两碗,吃饭成了一个大问题。为了吃饱肚子,我和哥哥走遍了焦庄的每一道山梁,每一条河沟,酸枣、桃子还有小虾,甚至青蛙都能成为我们的食物。在家前的水沟里,我们还可以捉到鱼。有一次,叔叔领着我哥俩在那里捉了好多小鱼儿。奶奶挑了几条大一些的鱼,煮了一锅鱼汤。尽管没有盐也没有油,我们却吃喝得香甜。那时食盐很金贵,要凭票供应,奶奶用仅有的一点盐把剩下的小鱼腌了起来。我们捉的鱼,奶奶从来没有吃过。奶奶说,她最爱吃的是野菜饼子。我们吃过各种各样的野菜饼子,但我们并没有品尝到奶奶所说饼子的可吃之处。奶奶吃饼子时的神情,与我们吃鱼时的神情一样舒展,一样自然。现在想一想,有多少人还记得挨饿的感觉,有多少人曾生活在这样幸福的谎言里?

我为这种幸福嫉妒过我的哥哥。

当所有的鱼都已经吃完了,似乎再没有什么可以惦记的了,那种饥肠辘辘的感觉,让我们一想到吃就感觉心里发毛。可是我们每天都要吃东西,每天都要惦记吃的东西。腌鱼的咸水奶奶没有舍得倒掉,她取出一点,添上少许发霉的麦子面,又做起咸鱼野菜饼子。她把做成的饼子分成几个小块,我们兄弟姐妹排成行,说是要平均分配。我分明看见切开的饼子并非大小十分相同,我摊到的那块就小一些,我把自己的那块扔在地上,去抢哥哥的那块。奶奶的鞋底落在了我的屁股上,奶奶擦去饼子上的尘土,又重新放到了我的手中。

那块饼子很好吃,咸咸的,香香的。我至今也没弄明白,那时的人们为什么胃口特别好,仅有的一点可吃的东西,就会让人有甜美的感觉!

后来,家里承包了责任田,使生活上改变了许多。待到我上中学时,我已经能够带着咸菜、背着充足的煎饼了。当我走进外面的世界，才知道老刘并非说谎。如今，高楼大厦并不是什么稀罕的东西，电灯、电话，甚至电视、电脑都已走进了山村农家。

后来我问过奶奶："哥哥那块饼子的确大一些，为什么偏要打我？"奶奶摇头了："饼子是一样大的；你们弟兄几人，谁没让我打过屁股？"其实我明白，奶奶还是说了谎，大哥从小瘦弱，一直得到家里所有人的偏袒、呵护。

如今，当我面对享受着幸福生活的女儿时，心中不免又多了一重忧虑。每逢吃饭，女儿常常把饭菜翻来挑去，似乎不知多么难以下咽。我给女儿夹上可口的饭菜："孩子你吃，爸爸不爱吃的。"女儿疑惑地看着我。我又告诉女儿："其实，爸爸不舍得吃，这是有营养的！"女儿又生气地噘起了小嘴。于是，我又给女儿讲起我少年时那段挨饿的日子，女儿却似乎是在听故事，一直笑嘻嘻的。此时我才意识到，我是多么地不善于表达，竟然无法让女儿明白我谎言的内涵。

永远的伦敦音

不知怎么，我忽然记起了杨老师。杨老师是我初中的英语老师，能说一口纯正的伦敦音。这是我和很多同学都喜欢他的原因。与其他同学稍有不同的是，我是很早以前就从一个邻居那儿知道了杨老师，并且在上初中之前就喜欢英语了。

我那邻居以前上过两年高中，是当时村里唯一会说英语的人。有一次，社员们在地头休息，生产队长提议让他说几句英语，给大家取个乐。他便呜哩哇啦地说了一通。社员们鼓起掌来，队长的两只大手也拍得呱呱地响。可能后来那邻居向谁说过，那几句英语其实是骂队长的，这个笨家伙竟然没听出来。这话最终传到了队长的耳朵里，队长便罚他去挑粪，干最累最脏的活。我开始敬佩起我那邻居，乌里哇啦的几句英语，竟把最厉害的队长骂了一通。由此，我喜欢上了英语。高兴时，我对着小伙伴们乌里哇啦地乱说一通，竟也获得了掌声。我曾缠着那邻居教我，他却不肯，只是嘱咐我好好上学，以后跟杨老师去学。我那时怪怪地看着他，心里疑惑，他大概是怕我学了他的本事吧！

几年后，我去了乡驻地的一所中学上初中。学校里开设了英语课，这在改革开放后的农村可算是件大事。教我们英语的正是杨老师。相比班里的其他同学，我对英语是从内心里喜欢且无半点惧怕。我是知道英语的，小伙伴们对我的英语不也称赞有加吗？然而，第一堂英语课我就流了汗。杨老师的英语是有规有矩的，绝不可呜哩哇啦地乱讲。杨老师从字母 "A" 给我们讲起，他给我们摆口形，我们也张开嘴，摆起与他一样的口型。杨老师读 [ei]，我们便也口舌僵硬地读给 [ei]。一节课下来，仅学了 3 个字母，我便口干舌燥，甚至汉语也说不流畅了。到了晚上，却又把杨老师的英语忘得一干二净了。

后来，我不得不又求救于我的那位邻居。我的邻居很热心，便指点我："this is a jeep"，其实可以用汉语标成 "累死一日阿吉普"；"this is a dog"，可以标成 "累死一日阿大哥"。我用他所教的方法做了尝试，果然有效，我竟能把所学的单词和句子记得牢固异常。

再次让我背诵时，杨老师为我异样的发音大发脾气。英语与汉语一样，也是听说读写并重的。如此读法，算得上哪家的英语？我也很惭愧，哭泣着保证一定学正规的伦敦音。我于是又重新学习杨老师的发音方法，按部就班地跟他学习英语。不过，我后来又感觉那邻居教的方法也不错，记起英语来简便易行。于是，我既学杨老师的发音方法，又混用我邻居所教的方法，英语成绩竟然提高得颇快。杨老师上课时依然提问我。听着我古怪的腔调，同学们便哈哈大笑。杨老师虽然着急，却只能无奈地耸耸肩。

对于杨老师纯正的伦敦音，我总是充满了敬意。杨老师对英语是痴迷的，吃饭时，他不忘把吃过的每种食物译成英语；休息时，他还想着把刚听过的几句话译成英语。杨老师对自己的要求更是严格，他写下的英文字母竟然像中国的书法一样优美。他还经常阅读外文报刊，以此提高自己的阅读和教学能力。在他的影响与呵护下，同学们在英语学习上取得了长足的进步。

初中毕业后，我和部分同学考上了高中。高中老师教起我校毕业的学生来，也感觉颇省力，都赞扬杨老师给学生们打了个好基础。在我的同学中，因为英语成绩好，考取名牌大学甚至成为硕士、博士的不在少数。我属于成绩比较一般的那种，虽然曾有一个好老师，却不曾好好地学。这至今成了我的一种遗憾。

当我也成了一名老师，并回故乡执教时，杨老师已调往别处多年了。每当遇到同学，谈起杨老师来，我们总是感慨不已。毕竟杨老师的伦敦音，陪伴我们度过了人生中最美好的一段时光！

前不久，我们初中的同学组织了首次聚会，并邀请了当年的几位老师。此时，距离我们初中毕业已经20多年了。杨老师没有前来，我不是组织者，不知道其中的缘由。到场的几位老师早已不见了当年的风采，愈发显得苍老了。而同学们相见，亦多陌生面孔，让人说不出究竟是悲还是喜！人生苦短，谁能抵得住时光的流逝？想到此，我的心中不免又滋生出许多伤感和牵挂来了。

月光下的记忆

　　我一向喜欢月光皎洁的夜晚。夜晚如水般清亮的月光,给我的童年时光涂上了一层洁白闪光的色彩。

　　记忆中唯一的娱乐似乎只有听老艺人黄二爷弹唱扬琴。那时没有电视,没有无线电,但我的童年并不缺少快乐。月光下的大街上、村外的空地上,到处是我们的游乐场。有一次,趁着奶奶在昏暗的油灯下做着针线活,我便溜出了家门。天上的月亮好大好圆,月光下,二蛋、莠子早已等在了门外。于是,我们又邀集了更多的小伙伴,我们走到哪儿,月光便洒到哪儿。"一步刺刺秧,两步喝面汤,三步调韭菜,四步迈过来",二蛋兴奋地叫嚷着,不小心被莠子的腿绊了一下,额上磕出了一个大包。二蛋坚强地忍住了眼泪,泪珠在月光下闪着银光,竟然没有落下来。我们也去村外的空地里打坷垃仗,与别的生产小队的孩子们打,也与邻村的打。莠子曾出了一个计策,是他从黄二爷的琴书里听来的。我们用了他的计策,竟然把村北的那帮孩子打得大败。月光如水的夜晚,使我的童年里充满着快乐。

　　记得有这样一个夜晚,天空格外晴朗,圆圆的月亮远远地挂在天幕上,闪烁的星星缀满了天空。二蛋说:"你们知道南面天空上那颗最亮的星星叫什么吗?听学过地理的哥哥说,那颗星叫北洛狮门;不知道我们上了初中后是不是也上地理课。"

我和莠子都茫然地摇了摇头。再过十多天，我们就要上中学了，去镇子里最大的学校，我们将告别熟悉的伙伴，告别家乡清亮的月光。

二蛋又说："将来我想当科学家，我想发明一种大型的收割机，这样，爸爸妈妈干活就轻松了，可是，我也想当一名解放军战士，拿上枪来保卫我们的祖国。"

莠子望着月光更是感慨："我想当文学家，我也想当医生，我有好多好多想做的事情，你们说，我们以后究竟做什么好呢！"

我们都不说话了，我们用手触摸着臂上的月光，各自想着自己的心事。其实，我和二蛋、莠子一样，心里有着很多很多的想法，我想过当科学家，我也想过当文学家或者医生，哪一个想法不牵着我的心、我的梦？如果将来我能做一名教师，用我温馨的话语、渊博的知识去哺育像我和二蛋、莠子一样的孩子，给他们希望，给他们装上一对理想的翅膀，不也很好吗？

月光如水的夜晚，月月有、年年有，我不知道二蛋和莠子是否还记得——上中学前的那个晚上！每个铺满月光的夜晚，还会不会有像我们一样疯野的、充满着希望的孩子？多少年来，我走过多少无月的夜晚，但我没有被无月的夜晚吓倒，因为我的心里早已贮满了月光和希望！

短 信

　　"老师，祝您教师节快乐！我是大丫，在北京读研究生。"

　　收到大丫的短信，我心里颇感欣慰。当年，她以优异的成绩考上了市重点高中。后来，她又以优异的成绩考上了北京的一所院校。我的汗水没有白流，当年的小苗儿已经结出了硕果。

　　当我放下手机，一条短信又来了："老师，我是涛子，告诉您一个喜讯，我们现在随医疗队来了非洲。老师，祝您教师节快乐！"

　　涛子从小心灵手巧，每年送我的贺卡都是手工制作的。他一直在省立医院工作，是外科的一把刀。我很感慨，虽然我是个普通教师，年复一年日复一日地做着平凡的工作，可是，我的学生却已做出了斐然的成绩。

　　第3个短信是二丑发来的。二丑在短信里写道："老师，如果不是您的教导，也许我早已对上学失去了兴趣。如果不是您的资助，也许我根本无法从矿校毕业。虽然我只是一个矿工，但我挖出的煤，会随着火车、轮船运到工厂、学校，运到天南海北。您有这样一个学生，您高兴吗？……"

　　二丑已经长成大人，再也不用我牵挂了。我立刻给他做了回复："踏踏实实，干一行爱一行，做工作就应该这样；祖国的蓝天需要许许多多坚实的手掌才能托起！"

刚给二丑回完短信，一条又一条的短信却接踵而至，它们似乎来自同一个班级。这是怎么了？我不记得曾把新手机号告诉过谁，怎么会有这么多学生知道？一定是哪个捣蛋鬼，无意中知道了我的手机号，然后又告诉了班里的其他同学。

然而，这个捣蛋鬼是谁呢？在那个班中，山娃最调皮，也只有他会想出这种鬼主意来。我查遍了所有的短信，却没有查到他的。怎么会是他呢？他绝对是我教育生涯的败笔。当年，经常不交作业的是他，经常被女生告状的是他，经常去网吧玩游戏的还是他。他如今在做什么，他还能成为社会的有用之才吗？不知不觉中，我的心情沉重下来了。

傍晚时分，彩霞染红了西方的天空。我终于接到了山娃的短信：

"老师，我后悔当初没听您的话，才一直不敢与您联系。我边打工边学习，如今已拿到了某职业院校的文凭。我不再给别人打工了，自己开了公司。老师，是不是觉得今天的短信特多？是我把您的手机号告诉了咱班的同学。老师，请接受咱班的短信祝福：'祝您教师节快乐！'"

平凡的日子

"这些年，你多次荣获语文优秀学科奖，给我们学校增了光，给我镇的人民做了贡献呀！"新学期伊始，领导给我谈了话。领导所言不虚，我的学生考上大学的不胜枚举，有研究生已经毕业的或已经在读博士的,有的已成为政府官员,也有的像我一样做了教书匠。在我平凡的教学日子里,其实我的学生已百花开放。

"文印室的老张已经调到了传达室,校委会决定让你顶替他做文印工作,其实呀,在哪个岗位上都是为教育做贡献!"领导说得很真诚,但我的心情却异常沉重:我第一次意识到我的确老了。

2006年,我走下了教学岗位,做起了文印工作。

文印工作的主要任务是油印试卷。学校的那台老油印机,已经退役。虽然已经换上了新机子,却是经常出毛病。听说过一些先进的印刷机,但价格昂贵,贫困的山区中学既买不起也用不起。中国这么大,使用这种老式油印机的学校一定还有不少。我是学文的,对理科的诸如机械修理方面的东西不感兴趣,甚至自己家里照明灯的线路有了问题,都不敢去修。但印刷、维修如今成了我面对的头等问题,一切都要从头学起。为了修好油印机,我常常弄得满手的油污,甚至油污沾满额头。看着清晰的试卷,我终于如释重负。谁说我的工作不重要,干一行爱一行,我的本色未变呀。

文学创作是我最美的一个梦,参加工作后我一直坚持写作。我是学中文的,一直喜欢文学,繁重的教学工作使我没有一丝思考的空闲。文印与教学当然是不同的,文印工作基本上是体力劳动,这就为我从事创作换来了大量的创作空间。我自幼生活在农村,这里的山和水,人和事我都太熟悉了,多年的教学工作也使我积累了丰厚的生活素材。于是印刷试卷的同时,我便进行着文章的构思。油印机"嗒嗒"的节奏声,使我的思维更加活跃,一个个鲜活的形象在我的脑海中愈来愈明朗。到了夜晚,我便俯身灯下,"他们"便从我的笔下走来,向我诉说着生活的艰辛与无奈。

在这些极其平凡的日子里,我陆续地收到了更多的样刊,创作热情愈加高涨,作品不断出现于各种报刊,共200多万字,并有作品入选各种选本。我不知道这是否也是一种成就，但我知道，在我的生活里，我能做到的只能是踏踏实实地工作，认认真真地生活，这样我的生活才是充实的，我其实是和年轻人一样热血沸腾、干劲十足的。

生活的艰辛且不要说了吧！在每一个平凡的日子里，我与生活中的许多同事一样，努力地工作，干一行爱一行。因为我懂得：只有珍惜每一个日子，珍惜我们生命中的点点滴滴，生活才会能变得更幸福而充实！

表　　哥

"表哥回来了"，妻子接到电话时惊喜万分。她告诉我，"俺表哥要来老家投资办厂了，表哥就在大门外，我们马上就可以见到表哥了"。

我对妻子的表哥并不是很熟，所了解的事都是从妻子那儿得知的。表哥 10 多岁时便出去闯世界，去过济南，去过山西，闯过关东，最后在河南淘到了第一桶金。表哥离家时黑瘦黑瘦的，初中还没有毕业，舅舅把他送上了开往济南的客车。表哥最终在河南的濮阳市落脚，做起了房地产生意。我不知道他现在到底有多少钱，听说他把房地产做得很大。我至今想象不出，初中未曾毕业的表哥如何竟成了大老板，当了老板的表哥是否依然黑瘦！至少有一点我敢肯定，表哥一定像电视中的大老板一样财大气粗、挥金如土。

我和妻子快步走到大门口，把表哥和他的司机一块迎进了我家。我们聊了一会儿家常，相互诉说着这些年的思念。表哥说话豪放，处处露出大老板的味道。我和妻子也有些受感染，决定去外面饭店招待远来的表哥。表哥也不推辞，让我们坐上了他的轿车，由我引领着到了街上最好的饭店。

　　乡下的饭店没有菜单之类的讲究，我便请表哥到厨房去点菜，表哥毫不客气地点了满桌子的菜。特别是那道清炖鲤鱼，用的竟是微山湖鲤鱼。微山湖鲤鱼的特别之处在于它有 4 个鼻孔，很好吃也很名贵。我拭着额上冒出的汗，陪表哥回到客房。

　　表哥兴致很高，喝得也很兴奋。这么多年他一直在外面闯，似乎有点衣锦回乡的感觉。我不太会喝酒，表哥也不勉强，便一个劲地劝我们吃菜。生活在乡下，这种饭店我们一般很少来，面对丰盛的酒席，我们也毫不客气地狼吞虎咽。表哥爱吃鱼，我妻子便把那盘清炖鲤鱼端在了他面前。表哥吃得很香，却不小心把一块鱼肉掉在了桌上。表哥慌忙用筷子把他夹起，轻轻地放入口中。我妻子咯咯地笑起来，你这个大老板，那块鱼肉扔掉了就是了！

　　表哥却一本正经地说，这都是花钱买来的，劳动所得不容易的，你知道我现在当了老板，可是当初创业时并不容易呢！我和妻子便不笑了，我听妻子说过，表哥在成功之前做过私人小煤窑的矿工，做过伐木厂的工人，还在建筑工地上做过苦工。现在是有了些成就，可是当初受的罪谁能想象得到呢？如今表哥依然没有忘记过去，我忽然明白了表哥成功的原因了。这些年来外出打工的人不少，但像表哥这样有成就的人却不是很多，原因就在于表哥知道创业的艰辛，懂得珍惜自己的机会与成果。表哥没有读过太多的书，但是他懂得"一饭一粥，当思来之不易；一丝一缕，当思物力维艰"的道理。表哥说，他这次回乡打算在家乡投资，建一个大型的建材厂。随着房地产业的膨胀，建筑用材也会有广泛的市场前景；更为重要的是，可以带动当地的经济发展，也算自己为家乡做了点贡献吧。

表哥的一番话，使我对表哥另眼相看。虽然表哥文化层次不是很高，可是他从生活中懂得了很多道理，学到了很多东西。当我去饭店老那儿去结账时，老板告诉我，表哥早已结过了。表哥真的像大老板，做什么都这么大方！

当我们分别时，天已经黑了。看着表哥远去的车子，我心里默默地祝福。表哥回来了，他是想带动家乡的人们淘到更多的金子！

老 师 您 好

老师您好！在您的心里，每一天都是一个重要的日子。您的每一天都属于那些朝气蓬勃的孩子，您关注孩子们的成长，可是您是否还记得自己的节日？

世上的节日真多！我曾收到一个莫名其妙的短信，方知那天就是愚人节。如今的年轻人还知道有个情人节，总是浪漫地给女友送去了玫瑰花，我告诉他们，其实爱一个人只需把她装在心里。在一个漫天飞雪的日子里，朋友问我：什么时候是圣诞节？我一脸茫然：可能——或者快到了吧！"每逢佳节倍思亲"，每当中秋和春节来临了，人们总是赶往家里且不远万里。可是，这些节日都比不上教师节。教师节是咱大家庭里最重要的节日,它牵动了千家万户,无论是工人、农民,无论是老人、孩子,他们都会在每年的同一日,从不同的岗位上送来一声祝福:老师您好!

老师呀,自从离开了您,我才知道有那么多人认识您。来自草原的朋友说,他是在蒙古包里跟您学习识字,您把他培养成了一匹千里马;来自海滨的朋友说,您喜欢大海的壮阔和力量,您的汗水和青春全在那片蔚蓝的希望里;来自山区的朋友说,您喜欢山区的每一座大山,您的向往与追求却在山的那一边。

亲爱的老师,您可还记得那个小树苗儿?曾经的小树苗儿,如今已经长成了参天大树!每日的浇水、施肥、剪枝,您那双粗糙的大手,把爱的暖流传遍了它的枝枝叶叶。一幢幢高楼拔地而起,城市、乡村都发生了巨大的变化,当我们赞美伟大的建设者,我们也不曾忘记您——亲爱的老师!您舒心地笑了,笑声抹平了您额上的皱纹。在汶川地震的日子里,您落泪了。您告诉我,您能分享您每一个学生成功的喜悦,却不能看着那么多孩子承受灾难!

我曾有一个最大的心愿——长大后成了你!有不少同学告诉我,这个心愿也一直在他们心里。后来,我幸运地做了老师,才知道您工作的辛苦,才知道想成为您是多么不容易。我不由得感慨万千:老师,您辛苦了!

您说,您的每一天都是节日,和孩子们在一起您快乐无比。老师呀,教师节快乐!请接受来自千里草原的问候,请接受来自辽阔海滨的问候,请接受来自遥远山区的问候!真挚的祝福,来自每一座城市、每一处乡村。在所有普通劳动者的心里,没有老师辛勤的耕耘,就没有今天幸福、富足的新生活。

桃花朵朵开

第五辑

野 白 菜

职称问题忽然成了野白菜最大的心病。它似乎听谁说过,要想出人头地,要想过上好日子,就得评上高职称。要想评上高职称,就要参与晋升评比,要过评审委员会那一关。

这天一大早,野白菜坐上了去城里的班车,来到了白菜职称评审中心。前来参加评职称的白菜很多,什么四月慢、高脚白,什么火白菜、天津绿,挤满了整个评审大厅。

野白菜傻了眼,已经辨不清方向。

四月慢说了话,说起话来慢慢吞吞的:"听说,今年的评委是食为天酒家的几个厨子,很有名的。只是不知道——"

火白菜说接过了话头:"听说你新得了天然绿色蔬菜证,还获得了最优营养证,荣誉证书一大把,今年的高级职称你是十拿九稳了!"

四月慢白了它一眼:"啥呀,看你这话把人家天津绿气的,脸都变色了呢!这种证书谁没有?人家天津绿还有绿色创新奖证书呢!"

天津绿没有答话。高脚白则笑岔了气,蹲在了地上。

野白菜则听得云里雾里,不知道所以然。原来评职称需要什么证书,它此次前来岂不成了看热闹的了!野白菜气恼地蹲在了过道旁。

评委们来了,白菜们掌声一片。一个评委不慎踩在了野白菜的头上,打了个趔趄。野白菜疼得直咬牙。那评委有些急，一脚把野白菜踢出了大门外。

野白菜扑坐在大门外，仍然百思不得其解："奶奶的，踢我干啥？不就是没证书吗？"

弦爷和他的软弓子

这天傍晚，天空中飘起了雪花。我又听到弦爷的京胡声了。弦爷的京胡声凄凄惨惨的，让人心里很不落忍。弦爷的老伴去世后，他被儿子麻晃接去了省城。弦爷怎么了，啥时又回了牟山？

我来到弦爷家时，屋里已经坐满了人。有几个人大声叫道：

"弦爷，还不给大伙拉一段，已经有一阵子没有听您的琴声了，俺这耳朵可真有些痒哩！"

弦爷在新中国成立前唱过琴书，摆弄软弓子京胡的功夫堪称一绝。每当开场时，弦爷便用那京胡招引听众。因为这手绝活，他便有了一个叫"麻弦"的绰号。弦爷40岁的时候，娶了个女人，女人是他的戏迷。闲暇时，弦爷和老伴在村头大树下摆上桌案，又唱起琴书。劳累了一天的人们，被他的京胡声引到大树下，围成了一个半圆。

弦爷从墙上取了京胡，拉起他最擅长的《百鸟朝凤》。屋子里顿时安静下来了。从热情欢快的曲子中，我们清晰地辨别着清脆的黄雀、婉转的百灵,还有各种叫不上名来的鸟鸣声。小鸟儿在花树间飞来飞去,似乎是在用歌声迎接着春天的到来。弦爷的弓子更是花样迭出,一会儿变成了数字8的形状,一会儿变成了梅花形,一会儿又弓如满月。弦爷如痴如醉,手上的京胡似乎是一块魔石,吸去了大伙儿的魂儿。

曲终,弦爷放下了京胡。

"老少爷们,我今天说个事儿,谁家的孩子想学这软弓子,晚上就来我家,我倾囊传授。奶奶的——我真是开了脑筋!"

不知是谁接着问了一句:

"弦爷,在省城不好吗?您老在牟山待得住?"

弦爷立刻瞪圆了眼睛,脖子上绽出条条青筋:

"好啥——那小王八犊子!"

弦爷所骂之人,自然是他的儿子麻晃。弦爷曾一心想让儿子学拉京胡,把这门绝技传下去,麻晃却死活不学,功夫都用在了学习上。弦爷只能叹气:

"这玩意,在旧社会是个要饭的家什。现在有吃有喝的了,不学也罢。"

弦爷再没有强迫过他。后来,麻晃考上了大学,留校做了教师,并且也是到了四十岁时,才结婚生子。

这时,门外传来轿车的鸣笛声。有人出门去看,才知道是麻晃回来了。后面还跟着一个中年人,大约四五十岁的样子。弦爷认得,这中年人是个教授,麻晃的同事。弦爷磕了磕烟锅,把客人让到床沿上,却没搭理麻晃。那教授给弦爷递过一支烟,麻晃则站在一旁傻笑。

人们终于弄清了弦爷回乡的缘故。

弦爷被接到省城时,弦爷的孙子正跟这个教授学拉二胡。现在,城里各种辅导班遍地开花,麻晃的妻子觉得让儿子学点艺术比较好,有利于儿子的成长。弦爷是个文盲,感觉对这件事不好说什么。教授来家上课时,他只坐在一旁抽烟。那教授讲得头头是道,拉弦的功夫也可以,弦爷心里暗暗地赞赏。后来,他忍不住技痒,便取了自己的京胡,给教授认真地拉了一曲。

教授惊呆了:"这软弓子,我只记得小时候听一个叫麻弦的牟山艺人拉过!"

麻晃的妻子把话接了过来:"俺那口子就是牟山人,咋没听说过有个叫麻弦的人呀。"

弦爷拉下了脸……

教授满脸堆笑:"老人家,你拉的这软弓子,可算是咱民间的宝贝,我今天来可是拜师学艺呢!"

弦爷脸上终于有了笑容:"我这是土玩意,不值得一提,旧社会我学这东西,只是混碗饭吃罢了。现在艺术咋这么金贵了呢!我家那傻小子,教他都不愿意学,如今倒想起来给儿子请家教,咱的软弓子不好吗?怎么没给媳妇说过老子就是麻弦?人家大教授都知道呢!"

教授笑了,全屋的人都笑了。

"城里的辅导班,咋要那么多的学费呢?也像我当年一样,为了混口饭吃吗?"弦爷一脸的困惑。

教授点点头,然后又摇了摇头,却没有说出话来。

神　瘸

　　"神瘸"姓王。据说他的残疾,是小时爬树掏老鸹窝落下的。那时他身体好,感觉并无大碍。他喜欢拳脚,曾四处拜师学艺,练得一身好功夫。随着年龄的增长,那摔过的右腿,才现出明显的特征,成了名副其实的"瘸子"。

　　自从他瘸了之后,他依据自身的情况,专一练起"地趟拳",并有独创。因人们怜他是个瘸子,无人与他过招。具体说他功夫如何,却也无人知晓。

　　新中国成立前夕,白马河一带常闹劫匪。不管是打鱼还是割草,人们一般不敢离之太近,以免惹上麻烦。有人便鼓动他说,听说白马河里的鱼非常多,特别是鲤鱼,有七八斤一条的呢!捉回来可以做糖醋鲤鱼,也可以烧着吃,可香着呢!不知你敢不敢去,那地方可有劫匪呢!神瘸勃然大怒,胡扯,怕他个逑,我身上还带着功夫呢。

　　果然,他同村里的几个年轻人来到白马河。几个人脱下衣服,赤条条的一头扎进水里,不一会儿,鱼筐里装满了大大小小的鱼。这时,忽听一声呼哨,岸上钻出几个彪形大汉,有的拿刀,有的拿棍。我的娘,跑呀,不知谁喊了一声。几人赤着身子,上岸就跑。劫匪大喝一声,哪里去。几人跑得更快,似乎明晃晃的刀就在身后。跑出很远,才发现劫匪并没有追来。于是有人开始抱怨,光着身子怎么回去,你身上还带着功夫呢!神瘸一拍大腿,对呀,我会功夫呢!怎能跟你们一块跑?走,回去,看我拿回鱼和衣服。几人胆战心惊地跟着他,不一会儿来到白马河岸边。几个劫匪正在烧鱼吃呢。神瘸一人走上前,混账东西,还我鱼来。劫匪们抄起刀把他围在当中。只见,神瘸右腿下蹲,左腿踢向一大汉下身,那大汉捂着那地方蹲在地上。另一大汉持刀向他左腿砍来。神瘸右腿当轴,左腿180度旋到右边,那刀落空。大汉紧跟,神瘸左腿撑地,右腿画钩,把那大汉勾在地上。其余几个劫匪一看这架势,撒丫子就跑。神瘸大胜而归。自此神瘸名声大振。

神瘸家境贫寒,年过三十尚未娶亲。他却并不懊恼,依旧是吃饭、干活、练拳。可是如果说他从没想过这事,却也并不是事实。西院吴家的俊妮长得白净水灵,与神瘸自小就一块割草、玩耍,神瘸一直很上心,可俊妮似乎并没看出来。看上俊妮的小伙子也不在少数。等到神瘸想向俊妮表明心迹时,俊妮已与村东头的二蛋订了婚。自此神瘸再没想过找媳妇的事。

神瘸在生产队里却是一把好手。在打麦场里,他是场头。就拿在打麦场里扬麦来说吧,他对干活的技巧要求极高,比如,上锨的要站在什么位置,锨头要画出什么样的弧线,麦子要倒在扬麦人的手腕下,等等。扬麦时,你见他左腿稍曲,以便与右腿衬平,然后左腿猛蹬、双手右扬,扬出的麦划出两条弧线。左边是麦糠,右边是麦粒,界限分明,干干净净。围观的人也不由得赞叹,不愧是神瘸,瘸得也这么可以。小青年最怕与他结对干活,每当他看不顺眼,就大发雷霆,脏话连篇,什么毛手毛脚,什么败家子。只有俊妮与他结对干活时,他才收敛了些。

后来二蛋得了不治之症,不久就死了,撇下了3个孩子,大的才12岁。俊妮的日子过得更难。神瘸常把自己节省下来的口粮送到她家。自此二人关系发生了重大的变化。俊妮也常常把神瘸的衣服拿来,洗洗

补补。邻居孙二嫂见到神瘸便劝解道,到公社办个证吧,40多岁的人了也该成个家了。神瘸嘿嘿一笑,不慌,不慌。

后来实行了生产责任制,大儿子也成了劳力,俊妮家也日渐宽裕了。神瘸包了20亩果园,神瘸整天忙得团团转,日子也过得蒸蒸日上。农忙季节,神瘸照样到俊妮家帮忙收种。不久,大儿子娶了邻村的姑娘。这时神瘸已五十多岁了,一心还想着娶俊妮。

这天傍晚,神瘸去村头去挑水,刚走回自家的门前,却发现俊妮坐在那里。俊妮告诉他:孩子们大了,对咱俩的事不乐意呢。

神瘸一句话没说,挑着水晃悠着进了家门,把俊妮关在了门外。

第二天,有个邻居找神瘸帮忙做活,才发现他早已没了气息,身体也凉透了。

榜样

黑子住在牟山的村口,院子还是老样子。走进他家时,黑嫂已在院中的石桌上摆好了酒菜。石桌旁有一棵小枣树,树上开满了嫩黄的花朵。一个书包挂在树杈上,小枣树似乎不堪重负,弯下了腰。

黑子的女儿秀秀坐在石桌旁做作业,儿子虎子也坐在石凳旁端着书,却似乎心不在焉。

"叔叔",秀秀很懂事,见我来了便要拾掇她的书本。

"做吧,孩子",我笑着摆了摆手,"这孩子挺用功呵!"

我们坐在石凳旁。黑嫂给我们的杯子斟满了酒。

黑子的酒量很好,喝了许多,他的话多了起来。他谈到老学校里那棵开满花的老枣树,也谈到小时候他的调皮,特别是那次上树掏鸟窝。他无限感慨,嘴里不住地念叨着三叔的好。

两杯酒后,我也已面红耳赤:

"还记得那次检查作业吗?黑哥你是没做完呀,却说自己做了10多课,还不是被三叔用教鞭磕了头皮。"

"那是,那是,你确实是我的好榜样哩,你小老弟现在成了作家,哪里像我,小学都没上完呢!"

"哪里,哪里",我有些不好意思,儿时的记忆在却我的脑海中瞬间苏醒。

那是20年前的一个早上,我们的老师(我本家的一个三叔)正在讲《飞夺泸定桥》,忽然发现教室里不见了黑子,他顿时怒气冲天。他嘱咐我们做练习册,然后匆忙地走出教室。我们纷纷从窗口伸出头,向外张望着。

黑子刚掏了鸟蛋从枣树上下来,不巧三叔也找到了操场。

黑子赶紧解下裤腰带,蹲在了跑道边的草丛上。

"你在干什么?起来!"三叔吼道。

黑子慢慢地站起来,提起了裤子。

"你看人家小老弟,学习多认真,还不是你的榜样!"那时,班里我的年龄最小,"小老弟"是同学们对我的戏称。久而久之,三叔也不再叫我的学名。

三叔瞪大眼睛,看着草丛中干透的狗屎,气得脸都变了色。他举起了教鞭,照着黑子沾满枣花的脑袋上狠狠地磕了几下。黑子的眼泪和鸟蛋同时掉在了地上……

听着我们的故事,虎子和秀秀相互做着鬼脸,黑嫂却也笑得流出了眼泪。

酒已经喝到兴奋处。黑子抬起头:

"笑什么,小兔崽子,特别是你虎小子,到现在还不好好学习呢!"

"从早到晚被老师拴在教室内",虎子瞥了他爸一眼,"一天下来头昏脑涨,有什么意思?"

"混账,像我这样有意思?把你们拴在教室里学习,老师还不是对你们好!"

"老师怎么会在乎我们?他们在乎的不过是所教学科的及格率、优秀率和在年级中的名次!我们的成绩也许会砸了老师们的饭碗呢!"

我很愕然,却插不上嘴,教育上的事,我并不很懂。我也上过学的,哪里会是这个样子?这孩子怎么会这样讲?

"没有优良的成绩,你能升上重点高中吗?没有良好的成绩,你能考上名牌大学吗?怎么不学你老叔!"黑子勃然大怒,坐在石凳旁直喘粗气。

可是——,我最终没有说出话。其实,我那时并没有这么多作业,我也并不是不玩,只是出于对学习的喜爱,用的工夫多了一点,却也不似现在学校的样子。

秀秀吐了吐舌头:

"爸爸总是念叨你,说你学问好,是我们村里的大才子,是村子里孩子们的榜样,我们学校的老师也这样说。将来我也要像你一样呢!"

"我竟然成了别人的榜样,我又哪里是——"我小声嘟囔着。

"老叔,你在说什么呀？"秀秀昂起头,瞪着一双乌黑的眼珠,"上大学是不是特别棒？"

"我呀,在说这棵小枣树,它太瘦小了——"我拿下挂在小枣树上的书包,轻轻地放在了石凳上,"当然棒,上大学能学好多东西呢! 秀秀,你喜欢这枣花吗？可香呢!"

秀秀抬起头望着我,天真地点了点头。

我仰头看着西方天空的那片暗红,心中沉甸甸的。小枣树却欢快舒展着它的枝条,荡漾着阵阵枣花的清香。

桃花朵朵开

吃过早饭,我把妻子送上回老家的客车。这时,牟鑫打来了电话。牟鑫是我小时的伙伴,在我们老家的乡政府工作。我大学毕业后,则把家安到了几十里外的县城。我很少回老家,有事时我们便电话联系。

"咱牟山的桃花开了,你什么时候回乡看看？"牟鑫有点急不可待,立刻把这个重要消息说给了我。

我真的想回乡看看了。这段时间,我一直忙于联系去广州的事,烦恼的事却也颇多。从牟鑫的话语里,我可以听出他的心情已经好转,终于放下了那件不愉快的事。是呀,满眼是桃花的浓艳,满鼻是桃花的芳

香,哪里会容许牟鑫心中有这么多烦恼!

"……还有一件十分可笑的事,——开心死了。"牟鑫一下说了很多,竟然没容我插进一句话。正当我想问是啥开心事时,他却因有事挂断了电话。

我遗憾地放下了电话,努力地猜想着牟鑫所说的开心的事。我苦苦想了整整一个早上,却什么也没有想出。

年初,乡政府要提拔一个党政办公室主任,这个位置已空缺了好些日子。牟鑫一直是党政办公室副主任,张三也是党政办公室副主任,他们二人中只能提拔一个。乡长一直很器重牟鑫,总把写材料这个重活交给他。张三写材料不行,只能在办公室里做些无关紧要的琐事。牟鑫感觉这个主任位置一定非他莫属。同事们也都这样认为,有几个朋友甚至吵着要他请酒。可是,后来发生的事似乎是跟他开了个玩笑,乡里任命的却是张三。牟鑫在电话里告诉我:

"现在想想,其实写材料与当不当办公室主任根本不沾边,而张三打理的无关紧要的琐事,才是办公室主任应做的事。乡长不过是有意把张三放在那个位置上,造成了今天已有的事实吧。"

桃花开了真好,我终于可以不再为他担心,可以不在电话里絮絮叨叨了。

中午。我随意地翻着一本旧书,心里又琢磨起下周去广州的事。牟鑫又打来了电话。

"今天早上,发生了一件很可笑很开心的事,还没来得及告诉你呢!我们来到办公室后,张三讲起了和乡长在餐馆吃饭的事,说他俩吃过饭后,是乡长争着付了账。于是,我故意问张三:你们在什么餐馆吃的饭,乡长有没有穿刚买的那件休闲装?张三犹豫了一下,却红着脸笑了。傻子都能明白,张三所说的事一定纯属虚构,他只是以此表明与乡长关系不一般吧!这不可笑吗?"

我的心一下子痛了："鑫哥，这可是你的不对了，过去的事为什么斤斤计较呢，不就是个主任职位吗？你就不能把张三当作好兄弟，你们重新做起？你的材料写得好，这是大家公认的，可是，也许张三真的更胜任主任工作呢！"

我还没有说完，牟鑫就生气地挂断了电话。原来牟鑫说的开心事，竟然是这种事。他告诉我桃花开了，只是以此掩饰他糟糕的心情罢了。

我实在想不出自己该如何做。一向开朗的牟鑫，一向洞察世事的牟鑫，竟然如此看不开！我忽然感觉在这件事上，我是如此无力，如此不知所措。牟鑫也真是可笑，他竟然拿桃花开了说事。想到这里，我的心又痛了。

傍晚时分。牟鑫又一次打来了电话。

"兄弟，其实，你说的道理我一直明白。只是有时想到那个本属于我的位置，心情就不平静了。张三的确有他的优点，我们都是在做工作，求的不就是尽心尽力，求的不就是心安理得吗？与其让自己如此烦恼，还不如踏踏实实地去做事，好好把握自己的人生呢！"

牟鑫的变化出乎了我的意料。

"我遇见回乡的弟媳了，说是你俩都下了岗，过几天就要去广州了。这是真的吗？"牟鑫关切地问道。

"没啥的，我们已应聘了新单位，境况会好起来的。"

"兄弟——咱家乡的桃花开了！"牟鑫的声音有点颤。

"知道了。"我已经泪流满面。

老　杨

　　老杨端起酒杯，轻轻地喝了一小口，心中渐渐涌出无限惆怅。

　　老杨退休已经两个多月了，他不愿意外出，碰到熟人，不知道该说些什么。体验曾经向往着的清静，老杨有一种说不出的不舒服。在家的日子虽然没有了往日学生的吵闹，取而代之的却是老伴整天的唠唠叨叨和院中那群小鸡唧唧的叫声。这还不是最重要的，令老杨感到惆怅的是近来他与老伴的感情出现了危机。

　　老杨一向是个有志向的人，恢复高考那年，他就考上了县里的师范学校，告别了他的民师生涯。他特别喜欢文学，虽然他一生平凡，可是他却靠从书中汲取的营养，努力工作了30多年。他现在退下来了，看电视的时间多了起来。他喜欢看历史经典片，老伴喜欢看生活片，于是二人产生了争执。老杨说，现在的生活片很没有生活基础，没有什么艺术品位。每当老伴不注意时，老杨便很快切换到自己喜欢看的频道，最后老伴又夺过遥控器。总之，老伴总是占了上风。老杨只好无奈地跟她看生活片。渐渐地，老杨也喜欢起生活片来。

　　最近电视上播放的是琼瑶的《又见一帘幽梦》。老杨颇有点艺术才能，他只看了一集，便哼出那首《一帘幽梦》的主题歌来，看完第二集，他便在草纸上记下了那首曲子的简谱。

老伴靠在床头上，有时眼里竟然有了泪光，还不时地说："人家费云帆真会疼人，真有风度，你若有人家一半，我这辈子也就值了。"

老杨没有言语。老伴的观念在改变，她心中竟然有了一个叫费云帆的偶像。老伴如今竟然有些看不上他了，虽然他现在不再是个小民师。在他的记忆中，老伴何曾有过紫菱似的嗓音的甜美？每天围绕着三顿饭唠唠叨叨，她眼里关注更多的是她那群小鸡！给她说什么呢？他又把老伴与浪漫清纯的紫菱对比了一番，哪里寻得到一丝紫菱的影子？老杨真是感觉"欲说无人能懂"了！

老杨与老伴年轻时的那段恋爱故事，曾被村里人传为佳话。老杨至今说不清二人是谁先看上谁的，但他知道老伴当年那条油黑的大辫子，曾让他一宿一宿地睡不着觉。老伴也没有说过她是如何看上老杨的，她曾给老杨纳过一双绣花的鞋垫，然后老杨向她表明了爱慕之心。很多个夜晚，老杨把她约到村北的焦河边，约到打麦场的麦垛后。老杨曾眼泪汪汪地对她说，他要娶她，爱她一辈子。老伴听到这个"爱"字，脸涨得滚热。

想起村里的老光棍们讲的那些青年男女在焦河边、麦垛后野合的事，老杨的心总是跳得厉害。后来，老伴也在麦垛后把她交给了这个小民师，然后嫁给了他。老杨一直不敢说他有多纯洁，要不是当时他那点小把戏，他怎么会把村里的第一美女娶到家？

其实有件事一直让老杨忘不了。他考上师范那年，国家经济上还很困难。虽然学校里每月有生活补助，但他依然吃不饱。老伴背着女儿走了50多里山路，给她送来了半袋地瓜。他对妻子说，不要再送了，你和孩子吃吧。妻子含了热泪，硬是把地瓜放在了他手里。他常梦见饥饿的妻子和女儿，泪水打湿了床头。

老杨吃过午饭后，便走出了家门。他走过当年的那个打麦场（如今都已盖上了房子），又来到村北的焦河边，思考了整一个下午，可是他依旧没有想出个所以然来。看来自己真的老了，老伴却也老得糊涂了。她竟然拿他与费云帆比！老杨决定不回家吃晚饭，看她会不会寻来，她怎么可以忘记村北的焦河边？

老杨还真的有点把握不住了。

太阳渐渐地落山了，老伴却没有找来，老杨意识到问题的严重性。老杨很伤感，到了夜里10点多的样子，他才慢慢走回家。

酒杯和盛好的饭菜全摆在桌子上，老伴趴在桌上睡着了。老杨心里有气，端起酒杯就想往桌上扣。

老伴忽然醒来，泪光莹莹地大声叫道：

"你干啥——杯里有酒！这么晚了不回家，不知道吃饭，你个老小孩，就因为等你，两集《又见一帘幽梦》都没来得及看呢！"

老杨愣在了一边，他忽然又记起老伴的好来。他似乎从老伴的呵斥中听出了紫菱嗓音的甜美，又似乎从老伴的泪光中读出了紫菱的清纯。他忽有所悟："他们浪漫，咱真实呀！"

老伴抬起头，迷茫地看着他："你怎么了，你说的啥？"

车　　祸

　　他失眠了。直到午夜 3 点，他还没有睡着，车窗的那片血迹一直在脑海中晃动。那是某个人的血迹，是男人或者是女人，是大人或者是小孩。就在离家不很远的拐弯处，他刚点燃一根烟，血迹便溅到了车窗上，鲜红鲜红的，没有任何声响。他马上意识到坏事了，他迅速地调转车头，又迅速地逃离了。

　　他应该逃离的，如果不逃离，那将会有多大的麻烦！可是他现在又有些后怕，逃离了又将是多大的罪过！虽然他已将车上的血迹擦洗干净，虽然这一切当时无人看见。回到家时，他的妻子已经熟睡了，可是他的心里依然忐忑不安。那位被撞的父亲或母亲，是不是正急着回家辅导孩子的学习，那个被撞的男孩或女孩，是不是刚做好明天一个最好的打算？可是那个坚实的肩膀或者那颗充满幻想的心，就在他点燃一根烟的瞬间消失了。洗净了血迹就不会被查出了吗？谁不知道现在的警察，个个是福尔摩斯！怎么办？明天报案吧，他看了看睡在身旁的妻子和儿子，他的心碎了。

　　他不知是什么时候睡着的，醒来时门外的妻子骂声如雷。

　　"怎么了？"他披着衣服走出大门。

　　"可怜的阿黄呀，你招谁惹谁了，头都轧扁了！就在前面不远的拐弯

处,也不知是夜里什么时候,我的狗狗哟!"妻子的眼里有了泪花。

他长出了一口气:中午可以改善伙食了!

昨天那点事

今天刚上班,张三就迫不及待地给我说了一件事。他告诉我:"大家都说,咱头儿就要调走了。"我很理解张三的心情,也很理解大家的心情。头儿在单位里干了 10 多年,一直不曾离开那个位置,这让多少人惦记,又让多少人感到不痛快。何况,像张三这样的办事员,兢兢业业,十几年如一日,却始终没有得到提拔。我还知道,头儿从来没有过离开那个位置的意思,也从来没有要调走的意思。这大约只是大家的猜测吧。再说,既然是大家都知道的事,我怎么一点不知道。

张三一脸的兴奋:"昨天,咱头儿的办公室里,来了县委组织部的两个年轻人。在咱单位上,不就咱头儿一个人属于县委组织部管理?如果不是头儿调走,或者提拔新头儿,组织部来人干啥?头儿想留两个年轻人吃饭,可是,两个年轻人硬是拒绝了。头儿的脸色不好看呢!"

我蒙了。昨天我请假了,单位里竟然出现了这种事。

这样看来,头儿的处境实在不妙。两个年轻人竟然如此不给面子,那么,头儿就不是调走或不调走这么简单的问题了。常在河边走,哪能不湿鞋?当了 10 多年的头儿,怎能一点问题没有?

于是，这个问题不再是秘密。整个早上，所有的同事都在谈论，都在谈论县委组织部的两个年轻人。

临近下班时，头儿忽然推开了我们办公室的门。同事们的谈笑声戛然而止。头儿朝我招了招手。我立刻冒出了冷汗，颤抖着走出了办公室。

"昨天，县委组织部的王干事，偕妻子来拜访你这位老同学了。他本想给你个惊喜，就没提前打招呼。王干事再打电话，你却一直关机。留他们吃饭，也没有留下。呵呵——"

"您是说昨天那点事，——我那同学的妻子是在纪委工作呢！"我擦干额上的汗水，掏出了至今尚关着的手机。

公元 12010 年的考古大发现

吴博士是个考古学家。他的贡献之一是破译了汉字，这种文字随着国家的消亡和拼音文字的使用，已经变成了死文字。他的第二个成就，是发现并复原了"鳌"字摩崖石刻。他的第三个成果，则是对廊地石雕遗址的考证，此考证奠定了他在全球考古界的地位。

公元 12010 年初夏的一个早上，吴博士接到遗址发现报告后，立即驱车来到了发现遗址的施工现场。遗址保护情况良好，基本没有遭到破坏。吴博士向文物部门提出申请，要求组织大型考古队并得到施工队的支持，力争在雨季到来前清除封土，完成考古任务。文物执政官很快作

了批复,同意了这个请求。

在吴博士的指挥下,施工队小心翼翼地清除了遗址上的封土。然后,考古队员介入,细心清理遗址的每一个部位。此遗址是一个圆形建筑的地基,似乎是由传说中的混凝土做成。在遗址的一角,考古队员们清理出几十件石刻残片和两个巨大的石球。石刻残片上刻着鳞状花纹,非常精美。个别石刻残片上有一些黑点。石球表面布满褶皱,像人的睾丸一样,极其丑陋。

吴博士判断,如此坚固的地基上,应该还有一个大型的建筑物,石刻残片和石球似乎就是该遗址的建筑构件。

当遗址考古工作结束时,天骤然下起了大雨。吴博士又接到了一个报告,在距牟山摩崖石刻5公里处,出现山体滑坡,雨水冲刷出大量的石刻残片。吴博士立刻带领助手来到了牟山。吴博士对出土的所有石刻残片做了整理,发现它们与廓地的石刻残片竟然石质相同,雕刻的笔法、力度也都相同,个别石刻残片上同样也有一些黑点。吴博士把带黑点的残片送到了血液检测中心,对黑点做DNA鉴定。检测结果证明,这些黑点竟是人的血迹,是10000年前古人的血迹。吴博士困惑了:两地相隔百里之遥,怎么有相同的石刻残片? 石刻残片上怎么会有人的血迹呢?

吴博士和他的助手对个别石刻残片做了拼接,残片边缘竟然可以完美地接合。根据石刻残片的形状和数量,吴博士推测,拼接之后的石刻将可能是一个巨型的柱状石雕,而廓地遗址则是这个柱状石雕的底座。牟山下的这些石刻残片与摩崖石刻没有丝毫联系,它们一定来自廓地遗址。吴博士还解释说,远古时期,这个地区的人们可能把生殖器当作图腾,这个柱状的石雕和那两个石球,不正是男性生殖器吗? 有了如此强大的生殖器,人类能不兴旺发达吗?

吴博士的考古发现在全球引起了巨大轰动,前来廓地参观的人络绎不绝。有位非洲黑人建议,不如把此石雕在遗址上复原,这样既能给城市提高知名度,又会增加旅游收入。文物执政官接受了这个建议,并让吴博士参与石雕的复原工作。

不久，石雕复原成功了。可是，吴博士越看这个石雕越感到不安。他感觉复原后的石雕并不像一个生殖器，而是像远古时人们崇拜的龙石雕。可是据他考证，一万年前，这个叫"廓"的小地方，不曾有人称王称帝，也不存在皇家建筑，怎么会有雕龙石柱出现呢？这个柱状物又因何被拆除而埋在了牟山脚下呢？吴博士百思不得其解。

有一天，吴博士在东方博物馆翻阅古籍，看到了 10000 年前一个名叫焦庆福的作家写的一篇微型小说。小说里讲到了这个柱状石雕叫盘龙柱，和牟山上的那个巨型"鳌"字石刻出于同一时期。那时候还有国家，这个地方属中国，是一个小县。县太爷是个官迷，一心想往上爬，后经一方士的指点，便在牟山上刻了一个巨大的鳌字，以示通天。可是后来又有方士指点，鳌字虽能通天，却无法与大地连接，没有了地气，如何升官？于是，县太爷又下令建了这个盘龙石柱。从此，盘龙柱与那"鳌"字石刻遥相呼应，成了此地的胜景。然而，县太爷并没有因此而官运亨通。县太爷非常生气，责令将此摩崖石刻毁去，然后拆除了盘龙石柱。石刻残片大部分弃于牟山下。盘龙柱拆除之时，死掉了建筑工人数人，滴滴鲜血洒在了石雕之上，成了石雕残片上的黑点。那个县太爷最终进了监狱。

看完这篇小说，吴博士大吃一惊。小说是一种古老的文体，它的很多情节都是虚构的。小说虽可虚构，但它毕竟来源于生活。所谓的官运、监狱、方士，虽不载于正史，却有可能是当时重要的生活现象。如果考证出来，将会是本世纪最大的发现。

可是，吴博士又困惑了：那两个极其丑陋的石球是做什么用的呢？古人真是难琢磨呀！

丁　嫂

丁嫂 28 岁那年死了男人，日子过得艰难。

记得那年的一个黄昏，张娃的爹妈走了进来。丁嫂在自家的饭桌旁，正给小女儿喂饭。

"他嫂子，我们的来意你也明白，你和张娃的事我们不能同意"，张娃爹磕了磕已熄灭的烟袋锅，"如今这年景不好，你还带着 3 个孩子"。

"他嫂子，我们并不是嫌弃你。可是，按现在的政策，你们还能再要孩子吗？我们老张家不是断了香火吗？娃是个中师生，有正式工作，怎能——"

丁嫂没有言语，只是不停掉泪⋯⋯

也是那年一个黄昏，丁嫂和张娃两人相约在学校的小树林里。丁嫂哭得像个泪人。张娃伸手把丁嫂搂在怀里；丁嫂偎依在他的怀里，像一只受惊的小鸟，哭得伤心。丁嫂猛然一惊，奋力地推开张娃："不要——我约你来就是要告诉你，我们不合适"。

丁嫂哭着跑出树林。

春节后，张娃随着援藏的队伍离开了家乡，从此再没有回来。

退了休的丁嫂每日坐在西窗下，望着渐渐落下的日头发呆；暗红的光线照在她斑白的头发上，闪烁着秋的悲凉和冷意！她伸出干涩的双手，轻轻地捡起一枚落叶，仿佛又拾起她那段辛酸的岁月。

寡居的丁嫂那时是镇子里远近闻名的美人坯子，记挂她的人自然不少。媒人们一个个前来说媒，又一个个摇头离去。

"孩子，你现在还年轻，再找个人家吧！"在娘家的一次饭桌上，爹又一次把这个问题提了出来。

"孩子，你爹也是为你着想呀！"娘哽咽着说不出话来，不断地用衣袖擦着眼角，"你3个孩子那么小，就你当民师的那点工资，怎么维持这个家？你什么时候能熬出个头来呀！"

"我再嫁，我这苦命的孩子跟谁？"丁嫂的筷子停在空中，望着年幼的女儿落下泪来。其实她早已懂得，再嫁问题哪里由得了自己，哪里是自己一人的问题？

爹磕了磕烟袋锅，又默不作声了。离开娘家门，丁嫂抱着女儿哭了一路。

丁嫂的再嫁问题，渐渐退出了人们的话题。时光荏苒，丁嫂已记不起太多的磕磕绊绊；是每年的花开花落，伴她度过了这25个春秋。

渐渐起风了，又一枚杨树叶落在了丁嫂的肩头。她颤巍巍地起了起身子，又坐下了。屋内传来孩子们的谈话声。

"哥、嫂子，你们是否发现，妈近来总是精神恍惚？一个人常常丢三忘四，又常常对着太阳发呆"，望着窗外的老妈，正在上大四的小女儿眼里有点涩，"咱妈是不是得了老年孤独症？"

"妈刚退下来没事干，平日里我和你嫂又忙着地里的庄稼，总是老人家一人在家，可能是有些不适应吧"，大哥扔掉手头的烟头，缓缓地说。

"咱妈从年轻开始守寡，为了我们错过了多少再嫁的机会"，刚从北京回来的老二说了话，"要不——给咱妈找个伴儿吧！"

"老二，你这是说的什么话，咱妈有我侍候呢！妈干了一辈子民师，好不容易转了正、退了休"，大嫂一边拾掇碗筷一边小声地嘟囔着，"小妹上大学需要钱,你小侄也上了初中,再给妈找个伴,不正是给我们增加负担吗? 我们还要靠妈的退休金补衬呢!"

老大点燃一支烟,瞪着妻子狠狠地吸了一口……

早已被丁嫂尘封在记忆里的再嫁问题,又一次被儿女们翻了出来。丁嫂又捡起一枚落叶,眼角流出两行清泪,不断地滴在枯叶上。丁嫂直想哭,孩子们的争吵,唤醒了她模糊而辛酸的记忆。

屋内传来碗碟的破碎声和女儿低低的抽泣声,"如果咱爸活着那多好呀……"。

丁嫂已经捡了好多落叶,那落叶仿佛记载着一段段辛酸的岁月,她极珍惜地把那些叶子放在手心里,眼睛却呆呆地望着西方天空的那片暗红。

聚 会

她下定了决心一定来参加这次聚会,来看一看这个人丑恶的嘴脸,对吴中友这种人她真是恨得牙根都疼。

两年一度的同学聚会,如今已经是第三次。6 年了啊,她又一次见到了他。时间过得真快呀,大学毕业时她才 21 岁,他刚好 23 岁,现在她们都已近而立之年。上次聚会时,他曾对同学们吹嘘,他儿子用不了几年就能打酱油了! 同学们不信,都羞他,她却相信:这种人很有可能呀!

这次聚会选在他家乡的那个小县城,他是东道主。他竟然也给她发了请柬,脸皮真厚呀,还好意思联系!其实想一想,吴中友怎么会不好意思?上大三时,一封封情文并茂的情书,把她打得晕头转向,最终做了俘虏。他也一次次地把她约出去,有时约到假山后,有时约到池塘边的柳树下。有一次他竟然大方地把她约到了饭馆里。她很欣赏他的细心,他的热心,他的爱心。等她学着他的样子大嚼大喝之后,他无奈地耸耸肩:"嘿嘿,我乡间穷小子,囊中有点羞涩。"真无赖,她掏出二百元钱扔给他。他颇有风度地朝服务生摆了摆手:"呵呵,不用找了,算是小费吧!"

红姐曾提醒她:"你看他那狡诈的眼睛,活像一只狼,你分明是爱上一只狼,狼和羊怎么能在一块?"她瞪了红姐一眼,这是她的初恋,她怎会容许别人这样说吴中友。后来发生的事却被红姐言中。本来凭着做教授的父亲,完全可以把他留在省城。可是他却坚持回农村,回到他那个叫山鹰嘴的小山村,做一个乡村教师。他说,他的家乡很贫穷,教育很落后,他离不开他的家乡和父母。她于是与他争辩,谁没有家乡,谁没有父母?作为教授的唯一女儿,她又怎能离开自己的父母?然而,他还是选择了他的山鹰嘴,而不是她。她沉默了,其实系里好多的恋人有几人终成眷属?热恋中山盟海誓,毕业后各奔东西,谁人不食人间烟火?她和他都做了现实的奴隶!

他频频举起杯,神情自若,谈笑风生,仿佛此时他还未注意到她。

记得第一次聚会是毕业后的第二年,她还在上研究生。她没有去,她不想见到他,她无法想象见面时的尴尬与伤感。她感觉他一定会去,这个活跃分子怎么会不去呢!然而从红姐那里得知,这次聚会他也没有去,仅让同乡捎来一幅字,"丑妻、薄地、破棉袄"。她知道他爱书法,一定是写得龙飞凤舞,赢得了同学们的喝彩。可是,她心中却有说不出的痛:他一定是结婚了,否则何来丑妻呢?这样的活跃分子会沉溺在失落的感情漩涡里?她没有自信了,他分明是想通过这幅字告诉她,他不后悔自己的选择,却安于"丑妻、薄地、破棉袄"的现实。她也安心了,确切地说是死心了。

她听从父母的安排,在研究生毕业后,结识了某集团公司的董事长。董事长很大方,很会说话,很会体贴人。就这样吧,她决定嫁给他,虽然和他在一起从来没有过她初恋时的那种心动,可是她还选择什么呢? 这不就是现实吗? 然而,上天真会捉弄人,就在她想把决定告诉家人的当晚,董事长却因嫖妓而被公安局拘留。她只好把这个决定永远地埋葬在了心灵的坟墓里。

她冷冷地看着他,感觉他依然是面目可憎。第二次聚会她依然没有去,那时她还没有从这次经历的阴影里走出来。她猜想,如果见了面,他一定会耻笑她,甚至他指着她,让他的孩子叫她阿姨。听红姐说,这次他果真来了,他穿得很朴素,人也有些老。红姐还说,他并没有提到她,只是感叹世事艰难,城乡差别。其实她心里明白,这还不是说她? 说她与别人一样世俗? 可恶,毕业后你给我写过一封信吗? 女人是要哄的,你又是如何与她沟通的? 你的小孩怎么这么大了? 她知道,她与他已不会再有结果。她被红姐当初的那句话言中,她的心也被这只狼吃掉了。虽然在此后的两年中,父母及朋友们给她介绍了不少,她都回绝了,她潜心于文学创作,也等待着第三次同学聚会。她要再会会这个丑恶的家伙,去看看他那个打酱油的儿子。当着他的面责问他,让他领教一次她的伶牙俐齿。

"同学们,我还有一个想法:我们山鹰嘴太穷了,课桌还是七十年代的课桌,每到夏季,教室四处漏雨,同学们可有不少人做了领导、作家,甚至下海后成为富商——呵呵,要慷慨解囊呀",他依然频频举杯。

从刚才与几个同学的交谈中得知,吴中友到现在还没有结婚,什么儿子会打酱油,全是骗人的。

她目不转睛地看着他,他依然是那张丑恶的嘴脸,一张曾经让她心动的嘴脸。她曾经恨透了他,看到有些老的他,她现在却怎么都恨不起来。她躲到了人群后，所有的责问都抛到了九霄云外。

他终于来到她面前。他竟然有点紧张。

她没有言语，她想让他说个够。

"也来支援点吧，为了山鹰嘴的孩子"，他即刻变得镇静。

"不——"她生硬地蹦出一个字。

"怎么——"他有点愣了。

"要钱没有，要人一个"，她不知道自己是怎么了，竟说出这样一句话。

他的眼角流下两颗硕大的泪珠。

第六辑

一个纯粹的故事

沙哥醉酒

　　沙哥是个很容易让人记住的人。

　　我调到牟山乡后,被安排在党政办公室。牟山人好客,在给我的接风宴上,所有的同事都到了。酒过三巡之后,我发现沙哥一直不断地举杯,酒却没有喝下去多少。

　　"沙哥,我敬你一杯。"

　　"我酒量不行, ——你看我这脸红的。"沙哥说话吞吞吐吐,却一脸真诚。

　　"哪里,哪里,喝酒不带点酒色怎么行?今后我还要靠你多多帮助,多多提携呢。"

　　"就是,就是,多多帮助,多多提携。"其他同事也跟着乐。

　　沙哥似乎还想推辞,却又端起酒杯一饮而尽。当我再给其他同事敬酒时,发现沙哥已经醉倒在酒桌下了。从同事们的笑谈中知道,沙哥平时不喝酒,没有什么酒量,实在磨不开面子时才肯喝一点。今天他仅喝了两杯酒,就醉成了这个样子,实在是给足了我面子。

　　第二天上班,沙哥一副没有精神的样子,左脸颊上尚有几道血红的指印。

　　我很惊讶:"沙哥,你这是怎么了?"

"昨夜蚊子多,自己挠的,自己挠的。"沙哥似乎想辩白什么,言语之中有些慌乱。

同事甄四则不依不饶:"又是嫂子挠的吧,嫂子也真是的,不就是喝杯酒嘛。"

"呵呵,——就是,就是。"沙哥笑了笑,不再否认。

这令我深感歉意。但我又不相信真的如此,我宁愿相信沙哥先前的话,是蚊子多,沙哥自己挠的。

甄四对沙哥的事了解得最多。他说,沙哥之所以娶了这么厉害的老婆,是因为有把柄落在丈母娘手里。沙哥是焦庄第一个大学生,他考上大学时,村里曾为他放了3天电影。村里人都说,沙小子脑瓜子聪明,这小子将来一定能干大事。可是谁承想,沙哥刚参加工作就干了一件大傻事。他去邻居风儿家去玩,与风儿在屋内说悄悄话,说到半夜也不肯回去,最后不知什么缘故竟然把丑陋的风儿睡了。待到天蒙蒙亮时,沙哥想要离去,却发现屋门被反锁了。风儿娘不乐意了,她找到沙哥的爹娘:风儿还是黄花大闺女,不能这样就被人睡了,俺以后还怎么做人?沙哥的爹娘无奈,只好答应了这门亲事。就这样,沙哥被丈母娘算计了,被老天爷错点了鸳鸯谱。

甄四的话令我半信半疑。甄四信誓旦旦地说:"不信是吧,我是听我二婶的娘家的侄女的小姑子说的,那小姑子与沙哥是同村。"其他几个同事都证明,甄四家的亲戚里确实有这么个小姑子。

过了没多久,沙哥又喝上了。沙哥的儿子上初一了,就在乡驻地中学,学习成绩还不错,颇得老师们的喜爱。甄四很认真地对沙哥说:"孩子那么优秀,咱在党政机关也算是有头有脸的人,能不请请老师们吗?你酒量不行,可有咱兄弟们呢。"在甄四的撺掇下,沙哥在育才饭店摆了两桌。沙哥向老师们反复说明,他有很严重的胃病,不能喝酒。我们几个立即表示支持,也说他的确有很严重的胃病。老师们也不勉强,与我们几个推杯换盏，喝了个尽兴。直到结束时，沙哥才认真地喝完一整杯，然后歪歪斜斜地推着自行车回家了。

次日早上，同事们都偷偷地观察沙哥，却没有发现他有什么不对的地方。沙哥精神头很足，一副神采奕奕的样子。即将下班时，甄四最终还是发现了问题。他在沙哥的衣领处找到一根麦秸："沙哥，这是怎么回事？"同事们也都故作惊讶，追问这根麦秸的来历。

沙哥涨红了脸似乎想辩白，转眼间却又大笑起了："昨天咱不是喝了点酒，你嫂子没让进屋，就在草屋里和毛驴睡了一夜，呵呵。"

我们几个都笑了。笑过之后，我又为沙哥难过，风儿嫂子原来如此凶悍。

秋后的一个周末，我和沙哥一块在县里参加一个会议。会议结束后，沙哥的几个朋友非要请他喝酒。沙哥不好推辞，便拽上我。在酒桌上，沙哥有点沉痛地对几个朋友说，前段时间他去县医院查体了，查出血脂高，血糖高，血压高，医生再三嘱咐，不能喝酒。我很惊讶，继而明白了沙哥的意思："是查身体了，确实高。"

沙哥的朋友都是老实人，也没有强派他，只是让他随意。他们几个都是好酒量，一直喝得兴奋而热烈。到了后来，沙哥也受了感染，忍不住自干了两杯。这两杯酒却闹了笑话。沙哥与朋友辞行时，不慎磕在了酒店的台阶上，右眼顿时青肿起来。

我只好叫了出租车。临到焦庄村口时，沙哥扯着沙哑的喉咙唱起了《还珠格格》里的歌："你是风儿，我是沙，缠缠绵绵到天涯……"司机掩住嘴却没笑出声来。我趴在他耳朵上小声说："沙哥别唱了，别人听见会笑咱呢。以后也别喝了，喝成了这样你不怕嫂子——"

"咱就是嘴笨点，谁笑话谁？怕媳妇是啥缺点？都是玩笑话，你嫂子从来不是那个样子。知道吗，你嫂子是风儿，我是沙，我们上初中时就彼此喜欢对方，可是那时家里就是反对。可别说，——我今天喝成这样，风儿还真要担心呢。"沙哥虽然醉了,头脑却一直很清醒,说话也比平时利索。

周一这天,我们都提前来上班了。因为周一要开例会,办公室的事特别得多。我和沙哥忙着校对发言稿,其他同事都忙着布置会场。一直到会议结束,我们都没顾得上喝一口水。

临近下班时,甄四看沙哥不在,这才走到我对面,又向几个同事招了招手:

"发现了吗,沙哥的右眼变成乌眼青了,风儿嫂子还真下得去手。"

___ 个纯粹的故事

没有谁相信沙哥和柳珠会发生故事。

在乡政府里,沙哥是党政办副主任,一个没职没权又没啥实惠的角色。但是,他竟然与年龄相差七八岁,并有着俄罗斯血统的柳珠有了故事。

一天早上,我喝多了水,去厕所时,迎面遇到了姗姗走来的柳珠。因为是去厕所的路上,我正思忖着如何与她说话,柳珠却转身向南走去。我很愕然地发现,柳珠是奔着墙角处的沙哥走去的。

柳珠与沙哥在那儿一直窃窃私语,直到我再次去厕所。我想,沙哥与柳珠一定有故事发生,并且已经超出了同事关系。不过,出于对沙哥和柳珠的负责,这事我决定守口如瓶。

大约是仅过了一个星期,事情的发展便出乎了我的意料。

县里要在焦河南岸开一个现场会,推广焦河开发的经验。开会那天,办公室的任务都很重,所有人都忙翻了天。我不记得除了忙还有什么其他的事。到了晚上,甄四给我打了电话。他说:"沙哥和柳珠一定发生了故事。陪领导参观项目,沙哥总是跟在柳珠身后,还不时地给柳珠拍个照。我觉得他应该避嫌,和女同志靠得太近,很容易被人误会,很容易被人说闲话。会议结束后,等了很久,才等来了从树林里走出的沙哥和柳珠。这一点,那个刚调到办公室的大学生刘东可以作证。"

我说:"你这是胡扯,绝对是胡扯。我们都知道沙哥和风儿嫂子的故事,沙哥还唱过'你是风儿,我是沙,缠缠绵绵到天涯……',我们都知道柳珠波折的经历,柳珠是个敢爱敢恨,对家庭有责任感的人,虽然她男人不是个东西。不要告诉我你是亲眼看到了,眼睛看到的东西未必可信。"

甄四依然喋喋不休,似乎有与我论战到底的意思。我借故挂了电话。

第二天,沙哥和柳珠不在时,甄四和刘东又聊开了。

甄四一直为风儿嫂子叫屈:"沙哥实在不像话,还不是把风儿当成了傻子? 风儿10多年含辛茹苦,替他侍奉老人,抚养孩子,孩子就要上大学了,他却做出这种事,对得起谁? "甄四还故意哑着喉咙,学着沙哥的样子唱起来:"你是风儿,我是沙……"

刘东则表达了不同的看法:"人是要发展变化的,怎么会一直保持着年轻时的激情? 波折的岁月会把人的感情变成一杯白水。听说,柳珠男人又有了外遇,那女子不是别人,正是同样有着俄罗斯血统的柳珠的妹妹。柳珠哑巴吃黄连,有苦说不出,也许是怀着报复心理,找上了沙哥。"

我只得苦笑,怎么会发生这种事? 我还是一直坚信,沙哥是个明智的人,柳珠也不是那种下作的人。这种事一定有很多曲折,一定有很多误会，一定有让人信服的理由。

盛夏的一个早上，我来到办公室时，沙哥和柳珠已经来了很久。柳珠在看一个材料，沙哥与她肩靠肩，不时指点着什么。沙哥看我来了，点点头，又继续指着材料说着什么。天火辣辣的，窗外的知了叫个不停，让人感觉闷热。我喝了一杯水，便又有了去厕所的感觉。

沙哥和柳珠不在时，甄四和刘东又聊开了。他俩说的无非像我曾看到的一幕。据他俩说，这种状况似乎发生过不止一次。大热天的，挨这么近，让人感觉就是不舒服，就是两个男人在一块也会感觉发腻。他们预言出同样的故事结局，并把沙哥和柳珠即将上演的床上一幕描述得绘声绘色。

接连的几天里，我们发现，沙哥和柳珠的接触不再如以前亲密，又变成了一般的同事关系。这让我疑惑不解。甄四依然信心百倍："这是假象，他俩一定是发现我们注意了，他俩一定是想避开我们的关注。"

我这才相信他们的判断，但我更希望沙哥和柳珠会理智地回归到一般同事的位置。不管她男人做出了如何错误的事，她一定会想出更好的处理方法，毕竟她男人面对的正是她涉世未深的亲妹妹，犯不上用婚外恋来报复她男人。沙哥是个成熟的男人，尽管如今的风儿嫂子可能不新潮，可能缺点多多，可是他的红杏出墙会让风儿无辜受伤，让这个幸福的家庭无辜受伤。他会不在乎自己的所为吗？

终于有一天，我又一次看到最不想看的一幕。我去厕所时，刚好遇到了从女厕所出来的柳珠。我正想好了如何答言，柳珠又转身南去。原来沙哥在南边的墙角处。

我再也不敢相信自己最朴素的愿望。身处迷途的痴男痴女们，在感情泛滥时，往往会丧失最起码的智商。

接下来的几天，甄四和刘东却不住地发出惊叹：他俩怎么又成了一般同事，像没事人似的？

我没有言语。我不愿意再想象。

而后的 10 多天,而后的两个月、三个月,他俩依然一般同事似的,故事没再发展。

一年多过后,沙哥和柳珠渐渐淡出了话题。我私下里问起沙哥。

沙哥一脸平静和真诚:没啥事,我们都挺好。

难怪甄四和刘东不再惊叹。沙哥和柳珠的故事无悬念。

生　　意

刘东原是焦庄的大学生村干部,调来党政办公室才一年多。从各方面说,他不可能与甄四产生矛盾。可他们事实上产生矛盾了,只是因为生意。他们的矛盾似乎在刘东做干部时,就埋下了伏笔。

甄四媳妇在焦河北岸建了个冷库,做蔬菜生意。刘东来焦庄后,也和溜子合伙建了个冷库。这令甄四多少有些不满,感觉生意总没有独家好做,溜子一直做码头生意,并无意于投资冷库,他一定是受了刘东的蛊惑,才与刘东合伙。

不痛快归不痛快,甄四从来不表现在脸上,依然与每一个同事嘻嘻哈哈,还常与刘东交流着柳珠家的绯闻逸事。说到兴奋处,还无所顾忌地开怀大笑。今年开始收购大蒜后,二人的矛盾凸显出来了,虽然他俩依然谈笑,却明显地可以看出双方的神色不对。

这天下午,刘东因故没来上班。甄四坐到我对面,满脸不快地说:"刘东这小子真毒,他的冷库在焦河南岸,却把手又伸到了北岸,还让咱做不做生意? 没办法,也不要怪我狠,我也只好扩大货源,去南岸收购。"

我当然不敢谈论这里面的是非,只是说:"做生意嘛,和气生财,和气生财。"

吃过晚饭后,我又接到了刘东的电话。刘东气愤异常:"都是做生意,谁不图个发财,我收5角一斤,甄四却按5角5分收购,这不明显地是与我抢货源? 咱牟山是大蒜重点产区,我总不能舍近求远去收购吧。"

我依旧说:"做生意嘛,和气生财,和气生财。"

第二天,我们又照常上班了。我们都有说有笑。在柳珠去厕所后,甄四和刘东还各自说了个荤段子。沙哥笑得茶水喷了一地。

自此,我对生意这东西多了一层理解。发展经济,挣点钱是好事,能让自己过得舒服一些。若因此而苦恼无限,却又实在不值。假如甄四没有这个生意,假如刘东没有和溜子合伙,我们每天都会像以前一样心情开朗,喜笑颜开。

从这天起,甄四和刘东二人,与我的电话多了起来。仿佛他们的生意都与我有关,仿佛我是他们最合适的倾吐对象,仿佛我能给他们做点什么。可是我只能说,生意嘛,和气生财,和气生财。

从甄四的言语里,我可以听出,他在大蒜收购上改变了策略,他不仅保持着高出刘东5分的收购价,而且还给种植户赠品,一袋有机肥料或电饼铛等。

刘东在电话里却是不屑一顾了:我也调整了价格,不就是有点赠品吗? 我也有,我的合伙人溜子有码头,有船,算起来我们的本钱更低些吧,与我们斗,还不知鹿死谁手呢?

次日,办公室的气氛格外沉闷。我和沙哥分别说了一个蹩脚而毫无趣味的笑话,却没有打破尴尬的局面。

这年夏天，天旱得厉害，焦河两岸一片赤地，庄稼都没有种上。更可怕的是，直到入冬没有下一滴雨。焦河也断流了，过不得船。牟山是山区，焦河是最便利的交通要道，焦河断流，就意味着冷库里的大蒜无法外运。甄四和刘东来不及斗法了，每日为交通工具几乎打爆了电话。焦河的断流，让大蒜生意无意间增加了成本，两家基本没赚到钱。

第二年，刘东和溜子没有再收大蒜，而是把冷库转给了别人。甄四和刘东的关系缓和了。没有了利益冲突，哪里还会有矛盾？

但是，刘东和溜子的做法终是令我不解。缓和矛盾，有多种方式，明明是挣钱的生意，不一定非要放弃。

甄四的一番话，解开了我一直以来的疑惑。甄四说："沙哥如今入了咱的股，沙哥是股东了，刘东再想作怪，就是与咱沙哥作对。刘东能着呢，他敢得罪沙哥这个办公室副主任？"

我依旧说："生意嘛，和气生财，和气生财。"我心里有数，甄四今年要发财了。

到了春上，大蒜大量上市时，却传来了令人沮丧的消息：各地大蒜丰收，什么苍山大蒜，什么金乡大蒜，瞬间占据了市场。甄四的大蒜销路狭窄，赔了。

甄四笑不起来了，沙哥也终日皱着眉头。接着，又一个坏消息传来：甄四和沙哥被人举报了，原因是，甄四没有卖出的大蒜倒进了焦河，污染了焦河附近的环境。

甄四暴跳如雷。他说，他猜得出检举者是谁，还不是那个放弃了大蒜生意的刘东！

沙哥变得有气无力："不是刘东，环保局把检举信转到了咱乡政府，是焦庄村委会。也怪不得人家焦庄村委会，我怎么也做起了发财梦？"

不久，处理结果下来了。环保局依据专家的评估，做出了罚款决定，并在焦河晚报上做了大篇幅报道。

看了焦河晚报我才知道,甄四冷库的法人代表是甄佑家。从甄四口里我又知道,甄佑家是甄四的远房二大爷。

胆 小 鬼

老 A 调来牟山乡前是秘书办副主任,来到牟山后依然做秘书办副主任。贾四也是秘书办副主任。这样,秘书办就有了两个副主任。这令贾四颇不痛快。

这天下午,李乡长把写发言稿的任务交给了老 A。老 A 不敢怠慢。临到傍晚,老 A 终于拿出了稿子。李乡长看着发言稿,一脸寒意。老 A 赶紧拿回了稿子:"我这就改,这就改。"然后老 A 退出了李乡长的办公室。

老 A 熬了个通宵。

事后,李乡长谈起了这件事:"老 A 同志说看见我就怕,我当真有这么威严?领导也是人,我并没有端架子嘛!老 A 同志胆小是真,这也不是什么缺点,胆小心细少出错嘛!"

不久,老 A 由秘书办副主任提为党政办公室主任。贾四心里更不痛快,这位置本来是属于他的。

有一天,老 A 把电话打到秘书办,电话响了很久了却无人接听。老 A 于是直接打了贾四的手机:"上班时间,都跑到哪里去了?"

贾四吓了一跳：老 A 不仅脾气大，还有千里眼呀！

老 A 气呼呼地扣死了手机："一群小鬼头，老子怕过谁？！"

人　品

贾四向来瞧不起吴三。在他看来，吴三喝酒不实在，所以人也不实在，酒品如人品嘛！

吴三也从来不理贾四，贾四说这话太伤人了。

这天下午，吴三从单位回来。走到半路时，发现一个醉汉血肉模糊地躺在路旁。他仔细看了看，不是贾四是谁？于是，吴三给贾四的妻子打了电话，然后把贾四送到了医院里。

贾四醒来后，问妻子："我从酒店里偷装的那半瓶好酒呢？"

妻子瞅了瞅病床下的半瓶酒，气恼地白了他一眼："让吴三偷喝了。"

看着吴三远去的背影，贾四惊讶地说道："想不到他的酒品竟然有了如此进步，——难怪，难怪！"